RICHIE TANKERSLEY CUSICK

Les fantômes du marais

Traduit de l'américain
par Philippe Rouard

ILLUSTRATIONS DE
JEAN-JACQUES VINCENT

SPECTRES

HAUTE TENSION

L'édition originale de ce roman a été publiée
sous le titre :
EVIL ON THE BAYOU
par Dell Publishing Co., Inc., New York,
dans la collection TWILIGHT ™

79, boulevard Saint-Germain, 75006 Paris.

CHAPITRE 1

Meg Daton regardait d'un air maussade la route qui défilait devant elle, écoutant d'une oreille distraite ce que sa mère, assise au volant, essayait de lui faire entendre.

« Ce n'est pas comme si ta grand-tante Belle était invalide à vie, disait Mme Daton. Le docteur m'a affirmé qu'elle n'en aurait que pour une semaine ou deux à être handicapée. Crois-moi, mon chou, si elle avait été gravement malade, ils ne l'auraient pas laissée rentrer chez elle. Je resterais volontiers moi-même, mais il m'est impossible de quitter mon travail en ce moment, surtout pas avec ce voyage de prévu.

— C'est donc moi l'heureuse élue, dit Meg avec dépit. Je vais manquer la première grande fête de l'été et me passer de voir tous mes amis... pour quelqu'un que je ne connais même pas.

— Oh, Meg, il y aura d'autres fêtes, et Joan ne t'en voudra pas de ne pas venir dans ces circonstances. Elle est ta meilleure amie, non ?

— Oui. » Meg s'enfonça plus profondément dans son siège en regardant les mains de sa mère qui serraient nerveusement le volant. « Je regrette seulement que Blake l'ait aussi mal pris. »

Du coin de l'œil elle vit sa mère pincer les lèvres et elle ressentit de la colère. Meg savait que celle-ci n'approuvait pas sa fréquentation assidue du garçon durant ces trois derniers mois. Mme Daton refusait obstinément de faire confiance à tout représentant du sexe opposé depuis que le père de Meg les avait quittées il y a dix ans. Meg avait du mal à comprendre pourquoi sa mère fourrait tous les hommes dans le même sac, mais elle ne pouvait lui reprocher sa méfiance à l'égard de Blake. Le garçon s'était montré tellement injuste et désagréable en apprenant que Meg ne pourrait l'accompagner à la fête de Joan !

Meg fulminait intérieurement. Ce n'était tout de même pas sa faute si elle devait renoncer à cette sortie, et, à cet instant précis, elle se fichait vraiment de ne plus jamais revoir Blake de toute sa vie !

« Cela ne te fera pas de mal de l'éviter un peu pendant quelque temps », avança prudemment Mme Daton, ses yeux rivés sur la route sinueuse.

Meg ne put s'empêcher de froncer les sourcils d'un air contrarié. Le malaise cardiaque dont avait été victime sa grand-tante Belle fournissait à sa mère un excellent prétexte pour l'écarter de Blake.

« Et de toute façon, poursuivit Mme Daton, tu ne t'en souviens pas, car tu étais trop petite, mais tu connais tante Belle. Nous nous arrêtions chez elle quelquefois, en allant chez grand-mère. Elles n'habitaient pas très loin l'une de l'autre. Il est vrai que tout cela se passait avant... »

Meg savait que sa mère allait dire « avant que ton père nous abandonne », et elle préféra l'interrompre en lui demandant vivement : « Eh bien, comment est-elle, cette tante Belle ?

— C'est une originale. Elle ne s'est jamais mariée, et cela doit faire au moins cinquante ans qu'elle vit dans la même maison. Ton père disait qu'elle avait été très belle, jeune. Lorsque je l'ai connue, elle était déjà d'un certain âge, mais elle se donnait beaucoup de mal pour ne pas le laisser paraître. C'était peut-être un peu idiot de sa part, ce refus de vieillir, mais cela en faisait une personne originale ! Entre nous, je comprends beaucoup mieux aujourd'hui cette peur de vieillir. » Elle fit un clin d'œil à sa fille. « Tu verras, Meg, c'est une personne très, très gentille. Je suis sûre que tu l'aimeras.

— A ton avis, quel âge a-t-elle à présent ?

— Oh ! fit Mme Daton en riant. Un bien grand âge ! »

Meg sourit. Elle se pencha en avant, clignant les yeux à la lueur aveuglante du soleil de Louisiane. « Eh bien, elle ne risque pas d'avoir beaucoup de compagnie dans ce désert.

— Elle est assez isolée, reconnut sa mère. Nous n'avons jamais compris pourquoi elle tenait tant à vivre si loin de la ville. Elle semblait apprécier nos visites, mais je pense qu'elle n'était pas mécontente de se retrouver seule, après notre passage. Elle n'a jamais voulu changer d'endroit. Je sais que grand-mère lui en a parlé des milliers de fois. Ton père aussi s'inquiétait de la voir ainsi isolée, mais les gens des bayous [1] préfèrent vivre comme ils ont toujours vécu, tu sais, et ils n'aiment pas beaucoup les changements. Je crois bien qu'en vieillissant elle appréciait de plus en plus sa solitude.

— Pourquoi ne l'avons-nous pas vue depuis si longtemps ? demanda Meg en s'éventant avec la carte routière.

— Après l'installation de grand-mère à La Nouvelle-Orléans, nous n'avons pas eu l'occasion de revenir ici, expliqua Mme Daton. Grand-mère a correspondu avec tante Belle pendant un moment, mais elle n'est jamais revenue la voir. Après sa mort, et après notre divorce... » Elle haussa les épaules, comme si elle était fatiguée de ces vieux souvenirs. « Que veux-tu, les vies des

1. Bayou : bras marécageux d'un cours d'eau.

gens prennent des directions différentes, voilà tout.

— Alors pourquoi le docteur nous a-t-il appelées, nous, après toutes ces années.

— Qui sait, ma chérie ? Ton père est peut-être le seul parent que tante Belle possède au monde. Elle a probablement pensé qu'il était encore dans la région et qu'il pourrait l'aider.

— Ce doit être une vieille maniaque, marmonna Meg en croisant impatiemment les bras sur sa poitrine.

— Allons, Meg, ne la juge pas, la reprit gentiment sa mère. Elle a été très bonne pour ton père quand il était petit, et il lui en a toujours été reconnaissant.

— Alors pourquoi ne vient-il pas le lui prouver aujourd'hui ? »

Meg regretta aussitôt ses paroles.

« Parce qu'il est en Europe, en lune de miel avec sa quatrième femme ! répondit sèchement Mme Daton. Alors il faut bien que quelqu'un se dévoue auprès de cette pauvre vieille ! »

Meg sentit la voiture faire un écart tandis que sa mère, nerveuse, donnait un coup de volant trop sec. Fatiguée, la jeune fille s'abstint de toute remarque. Elle savait que cela n'avait pas été facile pour sa mère de leur garantir à toutes deux une existence confortable jusqu'à ce jour. Il n'y avait jamais rien eu à attendre du père de Meg, sinon un coup de fil occasionnel pour s'excuser de ne pas avoir envoyé le moindre sou dans le mois. Sa mère travaillait dur, et Meg s'en voulut de ne pas lui faciliter la tâche dans cette circonstance.

Elle regarda le paysage qui défilait devant elle. Elles avaient quitté la nationale depuis une heure environ, et la route se faisait de plus en plus étroite et mauvaise. Apparemment, personne ne s'était soucié de l'entretenir depuis longtemps. Soudain l'asphalte craquelé céda la place à un gravillon fait de coquilles d'huîtres brisées, puis la route se rétrécit encore pour sinuer entre des buissons qui giflaient les glaces de la voiture et des arbres qui penchaient leurs branches jusqu'à hauteur du capot. Meg souhaita qu'aucun véhicule n'arrivât en face, car il n'y avait même pas la place de se garer pour le laisser passer.

« Tu es sûre qu'ils l'ont ramenée chez elle ? demanda Meg ballottée sur son siège. Cette route est à peine carrossable. »

Mme Daton approuva d'un haussement de sourcils sans quitter des yeux le chemin semé d'ornières.

L'après-midi était étouffant, et sans l'air conditionné, impossible de survivre à la chaleur avec les glaces de la voiture remontées. Meg s'agita sur son siège. La sueur ruisselait sur son front, où venaient se coller les mèches courtes de ses cheveux châtains. L'air stagnait, humide et chaud, et sa peau moite la démangeait de partout. Elle écrasa contre son bras un énorme moustique et gratta vigoureusement la marque rouge que sa piqûre avait laissée. La chaleur, et les relents marécageux se mêlaient aux vapeurs d'essence qui finissaient par lui donner la nausée.

La voiture marqua une halte avant de s'engager sous un portique à moitié effondré sous le lierre.

« Eh bien ! s'exclama Mme Daton, elle a vraiment laissé les lieux à l'abandon ! »

Meg ne répondit pas. Elle était trop occupée à contempler à travers le pare-brise la monstruosité qui se dressait devant elle.

Cela avait dû être une belle demeure à l'époque, avec sa haute façade en bois et son lourd soubassement de pierre. On aurait dit une version réduite de ces anciennes maisons de planteurs. Avec en arrière-plan les troncs moussus des chênes et le bayou dont les eaux sinuaient lentement le long de la maison, on n'aurait pas trouvé meilleur décor pour quelque romantique histoire d'amour. Mais à présent les gracieuses colonnades du porche étaient noircies par le temps, la peinture de la façade craquelait et pelait comme un mocassin d'eau [1] en train de muer. Un tapis de graines et de feuilles recouvrait les marches du porche, et ce qui avait été jadis un parterre d'azalées et de camélias tout le long de la façade n'était plus qu'un enchevêtrement noirci et sec de branches mortes. A l'angle de la maison, à droite, se dressait un chêne magnifique, dont les hautes branches s'étendaient au-dessus du toit. Les longues mousses dont elles étaient chargées pendaient devant les fenêtres sombres du second étage comme des lambeaux de chevelures sur des yeux vitreux.

Malgré la chaleur, Meg frissonna et jeta un regard à sa mère. Son expression indiquait clairement qu'elle commençait à se poser des questions.

---

1. Serpent très venimeux.

« Ma foi... dit Mme Daton, indécise, les mains crispées sur le volant.

— Qu'est-ce qu'on fait ? » murmura Meg.

L'aboiement soudain d'un chien lui arracha un petit cri, et elle se força à rire de sa peur.

« Eh bien, il y a au moins un être vivant par ici, dit sa mère sans enthousiasme. On y va ?

— Après vous », dit Meg, et toutes deux éclatèrent de rire.

Comme elles descendaient de voiture, un colley sortit soudain de derrière la maison et s'approcha timidement en agitant la queue. Meg l'appela, et le chien manqua la renverser en bondissant sur elle pour se faire caresser.

La mère et la fille s'avancèrent vers la maison, cherchant autour d'elles un signe de vie. Mme Daton, les mains en porte-voix, appela la tante Belle, mais il n'y eut pas de réponse. Après une dernière caresse affectueuse derrière les oreilles, le colley se calma et se mit à marcher à côté de Meg comme s'il l'eût connue depuis toujours.

« Tante Belle ? » appela de nouveau Mme Daton. La main en visière au-dessus des yeux pour se protéger de la vive réverbération, elle considéra la haute façade de bois d'un air inquiet.

Une légère brise caressa Meg d'un souffle chaud. Elle s'arrêta et scruta un bosquet d'arbres à une vingtaine de pas, à l'arrière de la maison. C'était ce que les gens appelaient une forêt morte. Une foule dense de troncs sans vie et de branches pendaient tels des corps distordus, jetant de grandes ombres autour d'elles comme pour masquer leur laideur.

Sinistres, ces ombres, se dit Meg. Elle leva les yeux vers les fenêtres des étages et aperçut les vitres sales, parfois brisées, les encadrements à la peinture écaillée, les volets de guingois, et les rideaux déchirés. Guère réjouissant, pensa Meg.

Il lui sembla soudain voir quelque chose bouger à l'une des fenêtres.

Elle cligna les yeux, retenant son souffle.

Une silhouette !

Une forme drapée de noir les observait derrière un rideau de coton partiellement tiré. Meg essaya de distinguer des détails. La finesse de la silhouette donnait à penser qu'il s'agissait d'une femme, mais impossible d'en apercevoir davantage.

« Meg ? Ça va ?

— Quoi ? » demanda Meg, surprise par la question de sa mère.

Elle s'efforça de lui sourire. « Oui, ça va, maman. Plutôt lugubre, la maison, tu ne trouves pas ? »

La jeune fille leva de nouveau la tête vers la fenêtre, mais la silhouette avait disparu.

Meg secoua la tête d'un air perplexe et se rapprocha de sa mère. « Oui, dit Mme Daton, tu as raison, cet endroit est lugubre, et je pense qu'on ferait mieux de repartir tout de suite...

— Ohé ! Ohé ! il m'avait bien semblé entendre une voiture ! »

Elles sursautèrent toutes deux en voyant s'ouvrir brusquement la porte d'entrée. Une petite femme au corps replet s'avança sous le porche.

« Je suppose que vous êtes Mme Daton et... Meg, n'est-ce pas ? Je suis Esther. Excusez-moi d'avoir tardé à descendre, mais j'étais en train de monter son plateau à Belle, et toutes ces marches sont dures à grimper ! »

A en juger par sa petite taille et son embonpoint, la femme ne pouvait être la silhouette aperçue à la fenêtre, pensa Meg.

Esther vint à leur rencontre en souriant. Elle avait un visage rond et bienveillant et portait un tablier d'un rouge vif sur une robe froissée en tissu imprimé. Meg remarqua que l'une des chaussures d'Esther comportait un talon compensé, car elle avait une jambe plus courte que l'autre.

« Venez, c'est une véritable fournaise dehors. » Esther les invita à la suivre dans un vaste hall sombre et frais, laissant la porte claquer derrière elles. Le chien les regarda d'un air suppliant à travers la moustiquaire. « Oh, Beau, ça suffit maintenant. Nous allons partir dans un moment.

— C'est votre chien ? demanda Meg.

— Celui de mon fils, mais on peut dire qu'il fait partie de la famille. Il est quelque part dans la maison, je parle de mon fils. Wes ? Wes ? Tu es là ? »

Une réponse étouffée parvint de l'étage, et Esther sourit, dévoilant une denture à laquelle il manquait plus d'une dent. « Il est en train de bricoler pour tante Belle. Il ne va pas tarder à descendre.

— Comment va tante Belle ? demanda Mme Daton d'un ton inquiet.

— Ma foi, c'est une dure à cuire, Dieu la garde ! s'exclama joyeusement Esther. Mais j'ai été contente d'apprendre votre arrivée. Elle a besoin d'avoir quelqu'un auprès d'elle.

— Vous êtes sa voisine ? demanda Meg d'un ton affable.

— Oui, si on peut dire, nous habitons à cinq kilomètres en amont du bayou.

— Mais comment venez-vous jusqu'ici ? A pied ? interrogea Meg, qui ne se rappelait pas avoir vu de voiture dehors.

— Dieu non, nous avons le canot. » Esther hocha la tête d'un air convaincu. « C'est bien plus rapide par le bayou que par la route, si on peut appeler ça une route. Moi, je ne sais pas, et je ne voudrai jamais conduire. De toute façon il n'y a pas de bonnes routes dans la région.

— Oui, je vous comprends, approuva Mme Daton en grimaçant un sourire.

— C'est d'ailleurs dans le canot que nous avons ramené Belle, vous savez.

— Non, je ne savais pas.

— Oui, nous tenons un petit magasin avec un joli petit appontement. Nous y vendons un peu de tout. Les pêcheurs viennent s'y ravitailler. Et comme je vous le disais, nous avons transporté Belle de chez Doc par le bayou.

— Doc ?

— Oui, notre docteur. C'est lui qui vous a téléphoné. » Esther fit signe à Mme Daton et à Meg de la suivre dans le couloir jusqu'au salon.

Mme Daton paraissait soucieuse. « Mais je croyais que Belle était à l'hôpital. »

Esther se retourna vers elle avec un sourire indulgent. « On voit bien que vous venez de la ville. Vous habitez à La Nouvelle-Orléans, pas vrai ? Il n'y a pas d'hôpital ici. C'est Doc qui se charge de tout, des petits bobos aux choses plus graves. Et, croyez-moi, je préfère me faire soigner par Doc que dans n'importe quel hôpital. » Elle les invita à entrer dans le salon.

Meg se laissa choir dans un fauteuil en rotin et jeta un regard circulaire sur la pièce. Les volets tirés pour empêcher la chaleur de pénétrer laissaient filtrer une pâle lueur. De vieux meubles dans les coins, et les tapis élimés parvenaient mal à dissimuler le parquet rayé et poussiéreux. Des rideaux de coton pendaient aux fenêtres. L'un des volets entrouverts laissait voir un bout du bayou aux eaux paresseuses. A côté se trouvait un lampadaire avec un abat-jour défraîchi, et plusieurs plantes mortes étaient disposées sur de petites tables. Pas de télé. Pas de stéréo. Pas même un vieux poste de radio.

Le séjour s'annonce grandiose, pensa Meg, découragée.

« C'est moi qui ai trouvé votre nom et votre numéro de téléphone, dit Esther avec fierté. Cela m'étonnait aussi, que Belle n'eût aucun parent. Bien sûr, elle est toujours restée très secrète, et je dois avouer que nous ne la connaissons pas beaucoup. Mais elle a eu une sacrée chance que Wes soit passé par ici ce jour-là.

— J'ai peur de ne pas très bien comprendre, dit Mme Daton en plissant le front d'un air perplexe.

— La vérité, madame Daton, c'est que je n'avais jamais rencontré Belle avant son attaque. Voyez-vous, elle vivait comme une recluse depuis des années. Doc était le seul à venir la voir. Il y a encore des vieux dans le pays qui se souviennent d'elle, mais seulement du temps où elle était jeune. Une fois par semaine, mon fils lui livre son épicerie et il trouve toujours sur la porte la liste de ce qu'elle veut la semaine suivante. Mais la dernière fois, il n'y avait pas de liste et Wes a pensé qu'elle était peut-être malade. Comme il ne pouvait pas entrer pour s'en assurer, il est revenu au magasin, et nous avons appelé le docteur. » Satisfaite de son explication, Esther ramena sous son fichu une mèche de cheveux gris. « Ma foi, je suppose que Doc a pris soin d'elle comme il le fallait, et vous connaissez la suite. Elle était ravie d'apprendre votre arrivée. Belle vous aime beaucoup toutes les deux. »

Mme Daton eut un rire poli. « Je suis étonnée qu'elle se souvienne de nous, et surtout de Meg. Cela fait tellement longtemps.

— Oh, elle se rappelle très bien. Doc m'a dit que Belle lui avait déjà parlé de Meg et comme elle devait être une jolie fille à présent. Elle ne se trompait pas, à ce que je vois. »

Meg marmonna un merci timide tandis qu'Esther s'asseyait sur le bras d'un canapé à la couleur indéfinie.

« Nous venons ici quand nous pouvons, reprit-elle. Mais nous avons le magasin à tenir. Il faut quelqu'un près d'elle pour voir si elle a besoin de quelque chose. Voyez-vous, elle a presque perdu l'usage de la parole après cette attaque.

— Je ne savais pas ! dit Mme Daton, alarmée. Le docteur m'a dit que ce n'était pas grave.

— Allons, allons, ne vous faites pas de mauvais sang, tenta de la rassurer Esther en se penchant pour lui tapoter la main. Doc sait de quoi il parle. Belle est encore alerte, et son moral est bon, surtout depuis qu'elle a appris l'arrivée de Meg. Doc a dit que la jeune fille serait le meilleur remède pour Belle. Du sang jeune, voyez-vous ! C'est bon d'avoir des jeunes autour de soi, je dis toujours. Elle se remettra, vous verrez.

— Il me semble l'avoir aperçue, dit Meg. Tout à l'heure, en arrivant. Elle nous observait depuis la fenêtre de sa chambre. »

Le sourire d'Esther éclaira brièvement son visage rond. « Vous devez vous tromper, mon enfant. Belle n'est pas en état de faire un pas.

— Mais le docteur m'a dit... commença de protester Mme Daton.

— Je vous assure, j'ai vu une silhouette ! l'interrompit Meg.

— Impossible ! Oh, c'est encore un tour de ce vieux soleil ! » Esther gloussa d'un air gêné. « Quand il chauffe comme aujourd'hui, il nous fait voir des choses qui n'existent pas ! » Elle se leva. « Je vais vous servir un peu de limonade, et puis je vous conduirai à sa chambre. »

Comme Esther sortait du salon, Meg soupira. « Après tout, c'est peut-être la fatigue du voyage. » Elle croisa le regard de sa mère et lut dans ses pensées. « Non, maman, je sais à quoi tu penses, mais nous ne pouvons pas l'emmener avec nous. Il n'y pas de place dans la voiture pour une personne dans son état. »

Mme Daton hocha pensivement la tête. « Oui, tu as raison, ma chérie. Il n'y a pas de place non plus à la maison. »

Meg pensa à leur petit appartement en regrettant de ne pouvoir y retourner sur-le-champ.

« N'empêche, je serais beaucoup plus tranquille pendant mon voyage si je te savais à la maison. Si seulement je pouvais la faire entrer dans un hôpital en ville ! » Mme Daton frappa du poing sur sa chaise.

« Elle ne voudrait peut-être pas y aller », dit Meg en se levant. Elle s'approcha de sa mère et passa un bras autour de ses épaules. Elle savait que sa mère se sentait coupable de ne pas pouvoir prendre soin de tante Belle. Leur situation financière ne leur permettait présentement aucune dépense supplémentaire, et les hôpitaux coûtaient cher. Si le voyage d'affaires de sa mère marchait bien, alors là, peut-être, verraient-elles leur situation s'améliorer, mais pour le moment...

Meg regrettait maintenant de s'être montrée si égoïste à la perspective de devoir séjourner ici et d'aider sa grand-tante. « Hé, maman, dit-elle doucement, tout se passera bien. Vraiment, cela ne me dérange pas de rester, et puis c'est seulement pour une... »

Elle s'interrompit brusquement tandis qu'une silhouette s'encadrait dans l'entrée du salon.

Elle leva la tête en frissonnant et rencontra les yeux les plus noirs et les plus perçants qu'elle ait jamais vus.

CHAPITRE 2

« Vous êtes Meg. » Prononcés d'une voix douce et profonde, ces mots sonnaient davantage comme une accusation que comme une parole de bienvenue, et Meg se raidit.

« Et je suis sa mère », déclara Mme Daton en se penchant en avant sur son siège.

Meg n'aimait pas que sa mère la traite comme une enfant. Elle était parfaitement capable de se défendre toute seule.

« Madame Daton », salua la voix, mais le regard demeurait fixé sur Meg.

Dans la faible lumière de l'entrée, le nouveau venu n'était qu'une vague silhouette. Mais comme il avançait dans la pièce, Meg put le voir distinctement et elle sentit son pouls s'accélérer.

Il était d'une beauté ténébreuse. Grand et mince, il se déplaçait avec l'aisance d'un chat. La lumière tombant sur ses pommettes saillantes, tannées par le soleil, illuminait les traits fins et anguleux de son visage, son nez droit et le dessin ferme des mâchoires et du menton. Il portait un jean râpé et une chemise ouverte sur sa poitrine bronzée. Meg lui donna dix-huit, dix-neuf ans. Il la regardait calmement, et elle baissa les yeux en s'apercevant tout à coup qu'elle le dévisageait avec insistance.

Un tintement brisa l'envoûtement, et Meg fut heureuse de voir apparaître Esther avec un plateau de rafraîchissements.

« Ah ! tu es là, dit Esther à son fils. Wes, voici Mme Daton et Meg. Mon fils, Wes.

— Enchanté », dit-il d'un ton guère convaincant. Il alla jusqu'à une fenêtre, poussa le volet et regarda le paysage.

« Alors tu as terminé la réparation ? interrogea Esther en passant le plateau. A-t-elle besoin d'autre chose avant qu'on s'en aille ? »

Wes secoua la tête sans se retourner.

« Très bien », dit Esther en consultant sa montre. Elle fit un signe de la main en direction du hall. « Pourquoi ne monterions-nous pas maintenant ? demanda-t-elle à Mme Daton et à Meg. Wes et moi, nous devons être de retour au magasin avant trois heures. »

Comme elles suivaient Esther dans l'escalier étroit, Meg laissa son regard errer sur les portraits accrochés au mur. Les visages qui la regardaient dans leurs cadres ovales représentaient la même personne : une belle jeune fille aux traits délicats, aux yeux sereins et au sourire énigmatique. Un col montant accentuait l'élégance de son cou, et une opulente chevelure cascadait doucement sur ses épaules.

« Oh, que cette jeune fille est belle, murmura Meg d'un ton admiratif. C'est tante Belle ? »

Mme Daton ne l'entendit pas, mais derrière elle Wes lui répondit d'un grognement affirmatif.

« Quel âge avait-elle sur ces portraits ? demanda Meg.

— Seize ans.

— Mon âge. » Meg était fascinée par la grâce de cet innocent visage. Les photographies étaient toutes en noir et blanc mais elle fut soudain stupéfaite de les voir se colorer et s'animer. Elle vit la merveilleuse chevelure agitée par le vent, les yeux noisette qui lui souriaient, les lèvres rouges et pleines, et elle entendit le rire insouciant de la jeune fille. Meg renversa légèrement la tête en arrière pour voir les portraits qui étaient accrochés plus haut, et elle eut l'impression que ce rire la pénétrait tout entière, l'entraînant dans une ronde joyeuse qui tournait... tournait... tournait...

Meg trébucha et tomba à genoux en agrippant la rampe de bois.

Mme Daton et Esther se retournèrent, alarmées, mais Wes avait déjà aidé Meg à se relever.

« Ça va ? » demanda-t-il, son bras passé autour de la taille de Meg.

« Oui... je... je ne sais pas ce qui s'est passé. » Elle regarda les photographies en secouant la tête dans l'espoir d'éclaircir ses idées. Il n'y avait plus de rire, et les visages lui rendaient son regard en noir et blanc.

« Le soleil, dit Esther avec conviction. Je vous l'avais dit. »

Wes suivit d'un air troublé le regard de Meg qui s'attardait, perplexe, sur les portraits.

« Ça va, merci, dit-elle. J'ai trébuché. » Elle était désagréablement consciente du regard désapprobateur de sa mère en voyant Wes la tenir par la taille. Le contact du garçon la fit frissonner et, troublée, Meg manqua tomber de nouveau tandis qu'elle essayait de s'écarter de lui. Il la relâcha enfin, et elle perçut une lueur d'amusement dans les yeux sombres du garçon.

Meg se hâta de monter les dernières marches et se retrouva dans un couloir à la chaleur étouffante. Un halo de poussière était suspendu dans l'air, et elle sentit sa lèvre supérieure s'humecter de sueur.

Esther s'arrêta devant une porte fermée tout au bout du couloir, frappa deux petits coups, poussa la porte et leur fit signe d'entrer.

Meg retint son souffle, puis entra comme on se jette à l'eau.

Le temps s'était arrêté dans cette pièce.

Meg éprouva un moment de confusion, comme si elle faisait intrusion dans une fête privée sans y avoir été invitée ni même être vêtue de façon correcte.

Le soleil pénétrait à travers les rideaux de coton jaunis, jetant d'étranges éclats sur les roses blanches et roses du papier peint qui tapissait les murs. En face d'elle se dressait un gigantesque lit à baldaquin, drapé dans des mètres et des mètres de moustiquaire. Un guéridon trônait sous une fenêtre, couvert d'un napperon imprimé des mêmes roses que sur les murs. Sa surface était encombrée de pots et de flacons de porcelaine, d'une brosse à cheveux dorée et d'un miroir à main assorti, et de toute une variété de peignes en écaille de tortue. Contre un mur se trouvait une grande armoire en chêne dont le bois avait noirci. Un fauteuil à bascule était disposé près d'une table de nuit ronde sur laquelle étaient posés une lampe et un bol en porcelaine de Chine. De l'autre côté de la table, s'étirait un divan Récamier au satin rosé élimé, un vieux châle de couleur beige jeté négligemment à ses pieds.

Meg écarquilla les yeux d'étonnement. Puis son regard se porta sur le lit. Au début il lui parut vide, mais elle sentit qu'il y avait là quelqu'un qui l'observait et l'attendait.

« Tante Belle ? Vos amis sont là », dit Esther en écartant les pans de la moustiquaire.

Meg faillit hurler.

Appuyée contre une pile d'oreillers blancs, gisait la silhouette décharnée de tante Belle. Son long visage tournait vers eux des yeux profondément enfoncés. Sa peau n'était qu'un amas de plis et de rides, mais deux taches de fard rouge brillaient sur ses joues et le même rouge maculait la bouche dépourvue de lèvres. Des mèches de cheveux gris pendaient de son crâne squelettique et son teint prenait une couleur cireuse contre la blancheur des oreillers.

Meg, horrifiée et fascinée à la fois, ne pouvait détacher les yeux de ce visage pathétique. Les portraits de Belle dans tout l'éclat de sa jeunesse tournaient dans sa tête en un manège moqueur.

Ce fut Mme Daton qui, la première, brisa le silence. Elle s'approcha du lit et prit la main de Belle dans la sienne. « Tante Belle, dit-elle d'une voix tremblante en s'efforçant de sourire. Je suis tellement contente d'avoir pu venir.

— K... K... Kaaa. » Les lèvres échouèrent à former le nom de Mme Daton, et de grosses larmes coulèrent sur les joues ridées. Belle ne donnait plus que le spectacle pitoyable d'une très vieille dame, et Meg, émue elle-même jusqu'aux larmes, baissa la tête.

« Katherine, c'est ça, dit Mme Daton en s'asseyant doucement au bord du lit. Et regarde, j'ai amené Meg. Tu te souviens d'elle, n'est-ce pas ?

— Mmmmmmmm... » Le marmonnement traîna dans la pièce comme le bourdonnement d'une mouche, et Mme Daton tapota la main tavelée et crochue de Belle tandis que Meg s'approchait du lit.

« Fi... Fi... Fillll... » Tante Belle passa sa langue sur ses lèvres, et Meg ne put s'empêcher de penser à un lézard.

« Je crois qu'elle s'enquiert de papa », dit tout bas Meg.

Le visage de Mme Daton se crispa légèrement. « Phil va bien, tante Belle, dit-elle avec une fausse gaieté ! il vient de se remarier. Il est en Europe en ce moment. »

Meg ne fut pas sûre que tante Belle eût compris les paroles de sa mère, car les yeux de la vieille femme se mirent à errer sur la pièce. Ils s'arrêtèrent sur Wes qui, impassible, lui rendit son regard.

« Il faut que nous partions maintenant, Belle, intervint Esther. Il y a le magasin à ouvrir. »

Mme Daton consulta sa montre. Une lueur inquiète passa dans ses yeux, et elle regarda Meg d'un air perdu.

Pauvre maman, se dit Meg, sensible à la panique de sa mère. Il était temps pour elle de prendre une décision.

« Savez-vous que je vais rester avec vous, tante Belle ? demanda la jeune fille en s'efforçant de paraître enjouée. Je resterai jusqu'à ce que vous alliez mieux. »

Les yeux de Belle se posèrent sur elle en brillant étrangement.

Sentant le regard de sa mère peser sur elle, Meg fit de son mieux pour paraître confiante. « Nous nous entendrons bien, n'est-ce pas, tante Belle ? »

Tante Belle se mit à pleurer en silence, et Esther lui essuya les yeux avec un mouchoir en papier qu'elle tira de la poche de son tablier.

« Elles n'auront pas à s'inquiéter, approuva Esther. Wes passera les voir tous les jours en faisant sa tournée. Et Doc vient ici régulièrement. »

Mme Daton coula un regard chargé d'appréhension vers Wes. Meg sentait bien qu'elle n'était pas convaincue.

« Peut-être rencontreras-tu des jeunes gens sympathiques pendant ton séjour ici, hasarda avec espoir sa mère.

— Dans ce trou perdu ! s'exclama Esther en éclatant de rire. Il n'y a pas un chat à des lieues à la ronde, et les gens d'ici sont tellement fermés que c'est tout juste s'ils vous laissent approcher. Cela fait maintenant des années que nous vivons ici, et rien n'a changé. Sans mon mari, Dieu ait son âme, ils ne m'auraient jamais acceptée. De toute façon, il n'y a pas de jeunes filles de votre âge dans les environs. En cinq ans, je n'en ai pas vu une seule. Pas une seule.

— A... Aaaa... naaaa... » Tante Belle souriait à Esther en ouvrant et refermant la bouche comme un poisson.

Meg fut frappée par la brusque transformation d'Esther. Pâle comme un linge, la forte femme eut un hoquet et elle se laissa aller contre le mur en cherchant désespérément appui sur le bras de Wes. Pendant un bref instant, Meg pensa qu'elle allait s'évanouir. Esther, cependant, parut se reprendre et elle parvint à articuler d'une voix faible : « Non, Belle, Anna n'est plus là. »

Wes tourna la tête vers sa mère. « Il est tard, dit-il sèchement.

— Oui », murmura Esther. Elle jeta un regard sans expression à tante Belle, hésita puis se détourna. « Meg, votre chambre est à l'autre bout du couloir. Descendez avec moi, je vous montrerai où tout se range.

— D'accord. » Meg laissa sa mère et tante Belle se dire au revoir et elle passa les minutes suivantes en compagnie d'Esther à visiter la cuisine et ses rangements. C'était une cuisine vaste, à l'ancienne. Le plancher était en piteux état. Il y avait toutefois l'eau courante et un petit réfrigérateur. Le vaisselier était garni d'une abondante vaisselle. Une table et deux chaises complétaient le mobilier. Au-dessus de l'évier une large fenêtre donnait sur la forêt morte et une partie du bayou tout au bout du jardin de derrière.

« C'est une maison toute simple, dit Esther. Il n'y a que cinq pièces : votre chambre et celle de Belle, la salle d'eau qui est à l'étage, la cuisine et le salon. Votre chambre est juste au-dessus de la cuisine. Quant à Belle, il vous suffira de lui apporter son plateau et de ne pas trop vous éloigner au cas où elle appellerait. Doc s'occupera de tout le reste quand il viendra. Il a une clé, aussi ne vous inquiétez pas si vous ne l'entendez pas frapper. »

Mme Daton redescendit de la chambre de Belle. Meg et sa mère sortirent sur le porche. Elles échangèrent quelques mots d'encouragement et s'embrassèrent. Esther et Wes les rejoignirent dehors, tandis que Mme Daton remontait dans sa voiture. « Si tu as besoin de moi... commença- t-elle.

— Tout se passera bien, l'interrompit Meg en résistant à une furieuse envie de courir s'engouffrer dans la voiture et de fuir à toute vitesse.

— Ne vous inquiétez pas, dit Esther en tapotant affectueusement l'épaule de Meg. Nous sommes là.

— Au revoir, ma chérie ! dit une dernière fois Mme Daton avant d'engager prudemment la voiture sur le chemin défoncé.

— Au revoir, maman, murmura Meg, les yeux brûlants de larmes. Au revoir... »

Esther lui toucha le bras, et elles se dirigèrent vers le côté de la maison, là où le canot était amarré.

« Wes passera par ici chaque jour, dit Esther, et moi, je viendrai dès que je le pourrai. Si vous désirez manger quelque chose de spécial, vous n'aurez qu'à le dire à Wes. Je vous ai fait une liste de ce qu'il faut donner à Belle. J'ai laissé les provisions près de la cuisinière. Je vous fais confiance, Meg.

— Merci, Esther. » Meg resta sur la berge, regrettant qu'ils s'en aillent si tôt, la laissant seule avec tante Belle. Le sourire d'Esther lui manquait déjà.

Beau surgit en aboyant joyeusement, et il sauta dans le canot.

Ils s'éloignèrent lentement, Wes ramant jusqu'au prochain coude du bayou. Meg agita soudain les bras. « Attendez ! vous avez oublié de me donner votre numéro de téléphone, au cas où ! »

La voix de Wes lui parvint dans l'ombre d'un chêne. « Ça ne vous servirait pas à grand-chose. Tante Belle n'a pas le téléphone. »

CHAPITRE 3

Pas de téléphone !

Meg sentit son courage fondre tandis qu'elle regagnait la maison.

Et s'il arrivait quelque chose ?

« Ne sois pas idiote », se sermonna-t-elle, imprimant à ses pas une détermination qu'elle n'était pas sûre d'éprouver.

Esther avait promis que son fils passerait tous les jours, et elle aussi de temps à autre. Et puis, se dit Meg, c'est seulement pour quelques jours. Une semaine, deux tout au plus. Elle pourrait alors rentrer chez elle et retrouver ses amis, en particulier Blake, s'il était revenu à de meilleurs sentiments envers elle. Ils pourraient passer ensemble tout le reste de l'été avant le début des cours et Meg avait fermement l'intention de ne pas gaspiller une seule minute de ce précieux temps.

Meg soupira. En approchant de la maison, elle leva les yeux vers la façade et se figea.

Les rideaux, là-haut, n'avaient-ils pas bougé ?

Elle était sûre d'avoir remarqué un imperceptible mouvement, comme si quelqu'un en train de l'observer se fût soudain reculé pour ne pas être vu.

D'après ce qu'elle savait maintenant de la configuration de la maison, Meg en déduisit que cette fenêtre ne pouvait être que celle de tante Belle. La jeune fille se souvenait en effet que deux des fenêtres de la chambre donnaient sur le bayou et le petit embarcadère, et les deux autres sur le devant de la maison. C'était la deuxième fois qu'elle surprenait un mouvement à cette fenêtre.

Meg se demanda si la silhouette aperçue la première fois pouvait être celle d'Esther. Non, Esther était petite et grosse, et Meg avait gardé le souvenir d'une forme mince et élancée. Tante Belle ? Esther avait fermement prétendu que c'était impossible, et, après avoir vu la vieille femme dans son lit, Meg ne pouvait qu'être d'accord.

Alors de qui s'agissait-il ?

« Probablement mon imagination », dit tout haut Meg. Le son de sa propre voix la rassura. Elle se hâta de rentrer dans la maison et de monter dans la chambre de tante Belle.

« Avez-vous besoin de quelque chose ? » s'enquit Meg en entrebâillant la porte.

Tante Belle bougea la tête sur ses oreillers et ses mains agrippèrent les couvertures. Meg se demanda comment elle pouvait supporter ces couvertures avec la chaleur qui régnait dans la pièce malgré les fenêtres ouvertes.

Meg sourit. « Vous êtes sûre de ne pas avoir faim ? »

La tête roula de côté et d'autre.

« Eh bien, je crois que je vais faire un petit tour dehors. »

La tête se tourna vers elle, et Meg crut déceler un reproche dans le regard de sa tante. « Pas... pas.... looo... » La voix tremblait, mais les lèvres peintes semblaient frappées de rigidité. « S... se... serppp... »

Meg tendait l'oreille, essayant de comprendre. Elle frissonna, devinant ce que s'efforçait de lui dire tante Belle. « Non, je n'irai pas loin. Il y a des serpents. Je ferai attention. »

Elle est gentille de s'inquiéter pour moi, pensa Meg, attendrie.

Elle referma la porte et alla dans sa chambre.

A en juger par l'odeur de moisi, cette petite pièce n'avait pas été occupée depuis bien longtemps. Wes y avait porté sa valise, qui trônait au milieu d'un vieux tapis usé jusqu'à la corde et tirant vaguement sur le rouge. Il y avait un petit lit, une commode recouverte d'un napperon au crochet, et un fauteuil à bascule, tous très sombres. Un rideau fermait un placard, et Meg commença de suspendre ses affaires aux cintres. Elle rangea une paire de jeans supplémentaire et ses sous-vêtements dans l'un des tiroirs de la commode, puis elle accrocha sa chemise de nuit à une patère située près du lit.

Elle alla à la fenêtre et regarda le jardin de derrière et plus loin la forêt morte. A droite s'étendait une jungle impénétrable de buissons et d'arbres. Pensant à l'avertissement de tante Belle, Meg frissonna. Elle avait très peur des serpents, et les bayous avaient la réputation d'abriter l'un des serpents les plus venimeux — le mocassin d'eau, dit encore « gueule de coton », en raison de la blancheur cotonneuse de sa bouche. La jeune fille regretta l'absence de stores aux fenêtres au lieu de ces rideaux transparents. Elle se mit à rire d'elle-même. Qui pourrait bien la voir de dehors dans ce trou au bout du monde.

Meg se détourna de la fenêtre pour aller dans la salle de bains. Elle fronça le nez à la vue du lavabo sale avec ses deux robinets séparés, un pour l'eau chaude, l'autre pour l'eau froide, et de l'antique chasse d'eau que l'on tirait par une chaîne. La baignoire était gigantesque, posée sur quatre pieds évoquant les pattes de quelque créature monstrueuse. Meg ne put s'empêcher de penser aux mains de tante Belle...

« Ce n'est pas sa faute si elle est si vieille », se dit-elle, se reprochant ses pensées.

Elle eut faim tout à coup et descendit à la cuisine. Elle ouvrit le garde-manger et trouva un pot de beurre de cacahuète et du pain. Esther avait probablement pensé que c'était le genre de nourriture prisée par les adolescents. A moins que ce ne fût Wes...

Meg se laissa choir sur l'une des chaises et commença d'étaler le beurre sur une tranche de pain, l'air pensive. Wes était si beau qu'elle avait peine à y croire. Joan serait complètement folle de lui si elle le voyait. Et pourtant, quelque chose chez ce garçon l'effrayait, sans qu'elle pût dire quoi. Quelque chose dans ses yeux si perçants qui semblaient voir à travers elle, et receler des secrets que personne ne connaîtrait jamais...

Meg tartina une autre tranche, se fit un sandwich et, mordant un grand coup dedans, sortit sur le pas de la porte de derrière. Elle embrassa le jardin du regard et descendit les quelques marches branlantes du porche. Un parfum délicat déferla sur elle en vagues tièdes et humides.

Des gardénias.

Elle reconnut immédiatement le parfum et se pencha sur la rangée d'arbustes courant sur tout l'arrière de la maison. Elle cueillit délicatement une fleur d'un beau blanc crémeux, effleurant des doigts les pétales doux et parfumés, avant de la piquer dans ses cheveux derrière l'oreille. Comme elle s'éloignait, les lourdes senteurs collaient à ses vêtements et à sa peau moite. Meg prit une profonde inspiration et sourit. Si elle laissait ouverte la fenêtre de sa chambre cette nuit, la pièce entière embaumerait sûrement comme un bouquet de mariage demain matin.

Entre elle et le bayou se dressait une rangée de chênes aux formes torturées dont les branches basses chargées de mousses se mêlaient aux hautes tiges des joncs, sur la berge. Meg rebroussa chemin en direction de la forêt morte, guettant nerveusement toute tache ou mouvement dans l'herbe pouvant annoncer la présence d'un serpent. Elle se promit de ne jamais sortir la nuit.

La jeune fille s'arrêta et, tout en mangeant son sandwich, scruta les troncs grisâtres de la forêt morte en l'imaginant au temps où elle était encore verte, fraîche et vivante. Un silence pesant régnait dans le sous-bois pétrifié. Pas même un cri d'oiseau, comme si les bêtes elles-mêmes s'écartaient de ce cimetière végétal.

Meg entendit soudain un froissement dans les herbes. Elle recula vivement, prête à s'enfuir en courant.

Comme elle fouillait la forêt du regard, s'attendant à voir apparaître quelque animal, elle remarqua un sentier. Il était cependant si peu marqué qu'elle avait du mal à le distinguer, sous cet amas de feuilles mortes et de brindilles.

Lentement Meg se rapprocha, écarta précautionneusement une branche d'arbre et scruta la pénombre. Oui, c'était bien un sentier. Il s'élargissait un peu et s'enfonçait dans les profondeurs du sous-bois.

Où menait-il ?

Meg s'avança légèrement, mais elle fit un bond en arrière en sentant quelque chose lui toucher le bras.

Secouant frénétiquement son bras, elle vit l'araignée retomber parmi les herbes et disparaître rapidement.

Le souffle coupé, Meg tourna les talons et regagna la maison à la hâte.

CHAPITRE 4

« Vous ne voulez vraiment pas de soupe ? demanda Meg pour la troisième fois. Vous devez prendre des forces, tante Belle, si vous voulez guérir. Je suis responsable de vous, maintenant. »

La vieille femme ferma les yeux et détourna la tête.

Meg haussa les épaules d'un air résigné et rapporta le plateau à la cuisine. Elle savait que Belle n'allait pas bien, mais elle n'avait pas pensé que la malade serait si difficile. Meg s'était donné du mal pour préparer le dîner selon les instructions laissées par Esther. Si l'état de Belle empirait soudainement, comment ferait-elle pour appeler à l'aide ?

Meg versa la soupe dans une casserole qu'elle couvrit d'une assiette et rangea dans le réfrigérateur. Tante Belle aurait peut-être faim plus tard. Meg se choisit ensuite une boîte de thon à l'huile parmi les conserves qui garnissaient le garde-manger et prépara une salade.

Meg regardait de temps à autre par la grande fenêtre située au-dessus de l'évier le soir qui tombait lentement. Ce doit être particulièrement lugubre la nuit dans le bayou, se dit-elle, en pensant de nouveau qu'on pouvait la voir facilement de dehors car, comme dans les autres pièces, il n'y avait à la fenêtre de la cuisine que ces minces voilages de coton.

Meg se détourna en fronçant les sourcils. Après tout, tante Belle avait peut-être elle-même installé ces voilages pour que le spectacle du bayou et des bois vînt égayer sa solitude. N'empêche, se sentir ainsi exposée mettait Meg mal à l'aise.

Elle se prépara un autre sandwich et se rendit dans le petit salon. Que ferait-elle pour passer le temps pendant son séjour ici ? Elle avait bien apporté quelques livres, mais elle n'était pas certaine de pouvoir se concentrer sur sa lecture. Elle regretta que son amie Joan ne fût pas là pour lui tenir compagnie. Elle pensa une fois de plus à la silhouette aperçue à la fenêtre. Ce n'était certainement pas le soleil qui lui avait joué ce tour. Meg avait réellement vu quelque chose. Où menait ce sentier dans la forêt morte ? se demanda-t-elle aussi. Et comment interpréter l'étrange réaction d'Esther quand tante Belle avait prononcé le nom d'Anna ? La prochaine fois qu'elle verrait Wes, Meg l'interrogerait au sujet de cette Anna.

En pensant à Wes, elle trouva soudain une idée pour s'occuper. Elle allait raconter sa vie ici dans un journal pour faire partager son séjour à Joan à son retour. A elles deux, elles arriveraient peut-être à cerner la secrète personnalité de Wes. Elle allait monter tout de suite dans sa chambre chercher du papier et un stylo...

En gravissant l'escalier, Meg ne put s'empêcher de contempler les portraits qui la regardaient de leurs grands yeux tranquilles. Cette jeune fille était si belle. Difficile de croire que c'étaient là des photographies de cette femme qui gisait là-haut dans son lit. Prenant légèrement appui d'une main sur la rampe, Meg se recula un peu pour les étudier une par une. Sur chacune d'elles, on retrouvait ce même sourire énigmatique, et la similitude du vêtement donnait à penser qu'elles avaient toutes été tirées à partir d'un seul et même négatif.

Étrange, pensa Meg. Comme si cette glorieuse année de ses seize ans avait contenu toutes les richesses et les promesses de la jeunesse, comme si on avait voulu fixer à jamais — emprisonner presque — toute cette beauté à son apogée, redoutant que les années à venir soient celles du déclin et de la décrépitude.

L'obscurité envahissait doucement l'escalier comme des pas silencieux. Meg pensa distraitement à chercher l'interrupteur, mais l'idée lui sortit de la tête tandis qu'elle continuait de contempler, fascinée, les portraits. Il lui semblait entendre le léger murmure du vent d'été, soufflant suavement par les fenêtres, soulevant légèrement les voilages, pénétrant les chambres et les couloirs, pour éparpiller de vieux souvenirs telles des rides sur une eau tranquille. Elle comprit soudain que ce n'était pas le vent, mais un rire — le rire doux et léger d'un cœur insouciant...

Meg renversa la tête en arrière et entrouvrit les lèvres, tandis que le rire envahissait son esprit et son corps, jouant sur sa gorge et la faisant frémir d'une délicieuse sensation. A travers ses paupières mi-closes, elle vit ces beaux visages qui l'observaient, ces étranges sourires qui s'amusaient du sien se formant sur ses lèvres sous la poussée d'un rire qui montait du plus profond d'elle-même et s'élevait, doucement d'abord, puis de plus en plus fort, tandis qu'une délicieuse sensation de légèreté et de liberté s'emparait de son être. Elle se balança doucement d'un pied sur l'autre, comme bercée par ce rire et, tandis qu'elle tendait la main vers la douce et innocente image qui lui souriait dans son encadrement ovale, elle aurait juré qu'on prononçait son nom. *Meg... Meg... Meg...*

Des coups frappés à la porte d'entrée se répercutèrent à travers la maison, et Meg poussa un petit cri en voyant l'un des portraits tomber du mur et venir se briser à ses pieds en mille petits éclats de verre. « Oh, non ! »

Craintivement, collée au mur, Meg redescendit lentement l'escalier en se demandant qui pouvait venir à cette heure. Maman ? Prise d'inquiétude, avait-elle rebroussé chemin pour venir la chercher ? Espérant apercevoir sa mère, Meg scruta la pénombre par la lucarne découpée dans la porte d'entrée.

Au même instant les coups redoublèrent de violence et, prise de peur, la jeune fille se plaqua contre le mur. Comment pourrait-elle se défendre, si l'on pénétrait en brisant la vitre d'une des fenêtres ? Alors qu'elle était sur le point de courir dans sa chambre, Meg reconnut la voix qui l'appelait de l'autre côté de la porte. « Meg ! C'est Wes. Ouvrez-moi ! »

Soulagée, Meg s'avança, puis s'immobilisa de nouveau. Que voulait-il ? Le garçon ne lui avait jusqu'à présent inspiré aucune confiance, et l'heure tardive ne faisait que renforcer sa méfiance.

Se penchant en avant, elle demanda : « Que voulez-vous ?

— Esther vous envoie quelques provisions, lui répondit-il. Allez, ouvrez donc ! »

Meg se mordit la lèvre et répliqua en essayant de dominer le tremblement de sa voix. « Je n'ai pas envie. »

Il y eut un moment de silence, puis la voix de Wes s'éleva de nouveau. « J'ai une clé. »

Meg actionna fébrilement le loquet et ouvrit la porte. Wes se tenait devant elle, appuyé négligemment contre le chambranle, un carton posé sur l'épaule.

« Vous avez vraiment une clé ? demanda-t-elle irritée. Dans ce cas, pourquoi ne vous en êtes-vous pas servi ?

— Par politesse, répliqua-t-il d'un ton bourru, apparemment de méchante humeur.

— Je... je pense que vous feriez mieux de me donner cette clé, dit Meg d'une voix mal assurée.

— Vous pensez trop. » Wes passa devant elle et alla dans la cuisine, où il déposa le carton sur le plan de travail à côté de l'évier. « Comment vous vous débrouillez toute seule ?

— Très bien », répondit-elle. La présence du garçon la rendait nerveuse, et elle souhaitait le voir partir. La cuisine lui paraissait soudain trop petite, menaçante.

« Vous n'aviez pas envie de rester », dit-il en s'adossant contre le placard et en la dévisageant.

Meg fut tentée de nier, mais elle secoua lentement la tête. « Non, pas trop.

— Comment va tante Belle ? » Il s'approcha de la porte de derrière et vérifia le loquet, tandis que Meg observait le moindre de ses gestes.

« Elle ne veut pas manger.

— Elle mangera quand elle aura faim.

— Qu'est-ce que c'est ? demanda Meg en désignant le carton.

— Esther s'est rappelé qu'elle n'avait pas pensé à vous laisser de quoi boire. Il y a des sodas et aussi du chocolat, au cas où vous auriez du mal à vous endormir. Mais je doute que vous ayez envie d'un chocolat avec cette canicule. Elle vous a mis aussi quelques magazines.

— Pourquoi appelez-vous votre mère Esther ?

— Ce n'est pas ma vraie mère. Je suis un enfant adopté.

— Oh !

— Avez-vous besoin de quelque chose avant que je m'en aille ?

— Non, merci.

— D'accord ? A demain. »

Meg était soulagée de le voir partir. Elle le suivit jusqu'à la porte d'entrée et le regarda se diriger vers le petit embarcadère. Comme sa silhouette allait disparaître dans la nuit, elle eut une soudaine appréhension. « Wes ? »

La silhouette s'immobilisa.

« Vous n'avez pas peur de sortir dans le noir ? demanda-t-elle.

— Pourquoi aurais-je peur ? répliqua le garçon de sa voix nonchalante. Avez-vous peur, vous ?

— Non, bien sûr. »

Meg attendit jusqu'à ce qu'elle entendît le bruit des avirons tandis que le canot s'éloignait de la berge, puis elle referma la porte et se dirigea vers l'escalier. Les éclats de verre lui rappelèrent son étrange hallucination. Elle se pencha pour les ramasser. Pourquoi Wes était-il venu ce soir ? se demanda-t-elle. Esther avait-elle vraiment préparé ce carton ou bien Wes avait-il utilisé ce prétexte pour pénétrer ici ? Il ne risquait pas de rencontrer une forte opposition avec une vieille femme invalide et une jeune fille apeurée !

« Tu es idiote, se dit-elle. Tante Belle le connaît, et qu'est-ce que tu t'imagines ? Qu'il voulait vous assassiner toutes les deux ? »

Meg serra les dents en ôtant l'éclat de verre qui venait de se ficher dans son doigt. Du sang commença de perler de la coupure. Comme elle se redressait, plusieurs gouttes tombèrent sur la photographie de tante Belle qui gisait sur une marche. Meg étouffa un juron et tendit la main pour la ramasser mais elle suspendit son geste, horrifiée.

Tandis que le sang maculait la photographie, Meg vit les lèvres grises prendre une belle couleur rouge, les joues pâles rosir, les yeux étinceler.

Et puis le rire...

Le rire doux, enchanteur, tandis que les lèvres sur la photo remuaient doucement, formant des sons...

Des sons qui provenaient de la chambre de tante Belle.

CHAPITRE 5

Meg fit irruption dans la chambre, fouillant du regard chaque coin sombre, à la recherche de... *quoi* ?

Il y eut un léger mouvement dans le lit, tandis que tante Belle s'efforçait de soulever sa tête en marmonnant des paroles incompréhensibles.

Retrouvant son souffle, Meg comprit qu'elle avait dû faire peur à la vieille femme, et elle accourut à son chevet pour la rassurer.

« Tante Belle, c'est moi », dit-elle doucement en allumant la lampe et en s'interdisant de manifester le plus léger mouvement de répulsion à la vue de ce visage abominablement décrépit et peint comme un masque de carnaval. Un peu plus tôt, avant que la nuit tombe, Meg avait proposé à sa tante de lui enlever son maquillage, mais celle-ci avait refusé en secouant la tête avec vigueur. A présent, dans la douce lueur de la lampe, Meg trouva que la vieille femme ressemblait à une étrange poupée.

« C'est moi », répéta Meg en arrangeant gentiment les couvertures autour du cou décharné de tante Belle. Elle se sentait déjà mieux. Ce n'était pas un rire qu'elle avait entendu, mais seulement tante Belle qui essayait de l'appeler de ses pathétiques gargouillis. « Je vous ai entendue appeler, tante Belle, dit Meg en souriant. Que voulez-vous ? Auriez-vous faim maintenant ? »

La vieille femme secoua fermement la tête.

« Allons, pourquoi m'avez-vous appelée ? »

Belle secoua de nouveau la tête. Meg réprima un frisson.

« Vous ne m'avez pas appelée ? Vous en êtes sûre ? » insista-t-elle.

Les yeux vitreux la regardaient fixement.

« Je suis sûre de vous avoir entendue, tante Belle. Peut-être parliez-vous en dormant ? » demanda Meg avec espoir. La vieille femme semblait avoir un drôle d'air.

« Oh... » Meg sourit tristement. « Alors, c'est moi qui... ai mal entendu. »

Confuse et gênée, elle vit la main osseuse de Belle qui agrippait sa manche, essayant de l'attirer plus près. Meg se pencha et sentit une vague de répulsion la submerger tandis que tante Belle collait ses lèvres humides sur sa joue en un faible baiser. Se reprochant violemment son dégoût, Meg ferma les yeux, tapota affectueusement la main de Belle et se redressa vivement.

« Vous feriez mieux de dormir maintenant, tante Belle. Je vais me coucher. Si vous avez besoin de quelque chose, n'oubliez pas de sonner la clochette qu'Esther a placée sur la table de nuit. »

Meg s'arrêta sur le pas de la porte. « Oh, l'un des portraits dans l'escalier est tombé et s'est brisé. Mais ne vous inquiétez pas, je ramasserai les éclats de verre et je remplacerai le cadre. »

La tête grise se tourna lentement sur l'oreiller.

Meg referma la porte. Sa main tremblait. Elle aurait juré que tante Belle avait souri.

La jeune fille hésita un instant dans l'escalier. Elle avait peur de regarder le portrait et d'être de nouveau témoin de son hallucinante métamorphose. Elle avait peine à y croire, et pourtant cela s'était passé devant ses yeux.

Sa main tâtonna le long du mur à la recherche de l'interrupteur. Prenant une profonde inspiration pour se donner du courage, Meg s'agenouilla et ramassa la photographie.

Elle était en noir et blanc !

La jeune fille la regardait de son air serein avec ce même sourire énigmatique que l'on retrouvait sur tous les autres portraits accrochés au mur dans leurs cadres tachés d'ombre et de lumière.

Le papier ne présentait pas la moindre trace de sang. Et cependant...

Meg examina son doigt. La coupure était bien là, trait de sang coagulé, animée d'une douleur lancinante. Du moins n'avait-elle pas rêvé sur ce point.

Ce doit être la fatigue... Oui, la fatigue, se dit Meg. Elle se sentait maintenant complètement épuisée. Elle gagna sa chambre d'un pas traînant, posa la photographie sur la table et décrocha sa chemise de nuit. Elle alla ensuite dans la salle de bains, trouva des sels et se fit couler un bain moussant. L'absence de store à la fenêtre la gênait. Elle avait l'impression d'être exposée dans une vitrine, mais l'idée de prendre son bain dans l'obscurité était encore moins rassurante. Meg dut se convaincre de nouveau qu'il n'y avait âme qui vive au-dehors, se déshabilla rapidement et entra dans la baignoire.

L'eau chaude était merveilleusement apaisante. Elle se laissa aller, sentant la tension se dissiper tout en prenant plaisir à se laver de la sueur et de la poussière de la journée. Meg se demanda si sa mère dormait ou bien pensait à elle. Elle souhaita pouvoir rentrer chez elle le lendemain.

La jeune fille se releva dans l'eau pour se savonner énergiquement avec un gant, puis elle se rinça et se sécha. Elle enfila sa chemise de nuit bleu ciel et regagna sa chambre. Elle se brossa longuement les cheveux, l'air absent. Elle éteignit enfin la lumière avant d'ouvrir la fenêtre et de laisser entrer l'air de la nuit.

Elle était si lasse...

Meg s'allongea sur son lit, trop fatiguée pour bouger. Le parfum des gardénias vint flotter autour d'elle. Au loin, près du bayou, les grenouilles coassaient, et le sifflement guttural d'un oiseau de nuit traversait de temps à autre les frondaisons. D'autres cris, bizarres et inconnus, montaient de la jungle des joncs et des marais. Aux stridulations des criquets répondaient d'étranges grincements qui lui rappelèrent la forêt morte, comme si les arbres avaient frotté leurs branches torturées les unes contre les autres, cherchant une étincelle de vie, un peu de chaleur...

La chaleur ! Il faisait si chaud dans la chambre !

Meg se tourna sur le côté en grimaçant.

Les bruits de la nuit se transformaient en gémissements.

Les plantes mortes dans la maison... la forêt morte... Ces lieux sentaient la mort.

Le sommeil gagna doucement Meg. Sa fatigue et son angoisse se dissipaient peu à peu. Elle s'enfonça dans une brume d'où surgissaient des photographies aux teintes grisâtres, des rires sans visages et de grands yeux sombres qui l'épiaient dans la nuit silencieuse.

CHAPITRE 6

Une sonnerie la réveilla.

« J'y vais », marmonna Meg. Elle se leva rapidement et prit soudain conscience qu'elle n'était pas chez elle et que ce n'était pas la sonnerie du téléphone mais le tintement d'une clochette.

Clignant les yeux à cause du soleil qui baignait généreusement la chambre, Meg entendit frapper à la porte d'entrée et elle se hâta de s'habiller.

Elle courut à la chambre de tante Belle et fut surprise de voir la vieille femme redressée contre ses oreillers.

« Bonjour ! » s'exclama Meg.

Tante Belle remua avec application les lèvres. « Pooorte, articula-t-elle.

— C'est très bien ! dit joyeusement Meg tandis que Belle reposait la clochette sur son lit. Je vais ouvrir. Je reviens tout de suite. »

La maison avait un aspect plus souriant dans la lumière du jour, et Meg ne prit même pas la peine de regarder par la lucarne avant d'ouvrir la porte.

Elle fut surprise de voir un homme grand, au crâne dégarni. Elle s'avoua, un peu honteuse, qu'elle s'était attendue à voir Wes.

« Mademoiselle Daton ? » L'homme sourit avec courtoisie, découvrant une rangée de dents blanches étincelantes. « Je suis le docteur LaVane. Euh... Doc. » Il rit en voyant une lueur de reconnaissance dans le regard de Meg. « Je suis venu voir comment allait Belle.

— Oh, excusez-moi. Entrez, je vous en prie. »

Meg s'écarta et l'examina à la dérobée tandis qu'il passait devant elle. La cinquantaine, estima-t-elle, avec un teint mat et un accent indiscutablement français. Allure distinguée, avec ses lunettes à fine monture et sa chemise blanche ouverte sur la poitrine, laissant voir une pierre blanche, plate et ronde, suspendue à une chaîne en or. Une main enfoncée négligemment dans la poche de son pantalon kaki, il tenait de l'autre une trousse en cuir noir.

« Alors, pourriez-vous me dire comment elle va ? demanda Doc en remontant ses lunettes sur son nez.

— Eh bien, répondit Meg d'une voix hésitante, elle vient juste de prononcer le mot "porte" sans trop de difficulté.

— C'est encourageant, dit-il en hochant la tête.

— Mais elle ne mange pas.

— Ah bon ?

— Non, je lui ai préparé une soupe hier soir, comme Esther me l'avait recommandé, mais elle n'a pas voulu y toucher.

— Oh, cela n'a rien de surprenant quand on est dans son état. » Le docteur la dévisagea longuement.

« Mais elle doit manger pour conserver ses forces », répliqua Meg agacée par le ton condescendant de cet homme.

Comme le docteur LaVane finissait de promener son regard sur elle pour la regarder de nouveau dans les yeux, Meg remarqua une expression satisfaite, et elle eut l'impression d'avoir passé une sorte d'examen. « Je puis vous assurer, dit-il avec conviction, que votre présence est pour votre tante la meilleure des médecines. »

Meg se sentait mal à l'aise sous ce regard indiscret. Elle releva fièrement le menton et déclara : « Je m'inquiète à son sujet, c'est tout.

— Bien entendu, s'empressa d'approuver Doc. Mais vous n'avez aucune raison de vous alarmer, voyez-vous, parce que je veille sur elle. » Il ouvrit sa trousse et montra à Meg une grande seringue hypodermique. « Je lui fais des injections pour compenser l'absence de nourriture. Et je vous le répète, vous n'avez pas d'inquiétude à avoir.

— C'est vous qui m'avez demandé de ses nouvelles, s'entêta Meg.

— C'est vrai, dit-il avec un sourire moqueur. Et je vous remercie de m'avoir fait part de votre opinion. »

Comme Meg s'apprêtait à le suivre à l'étage, il se retourna. « Inutile de m'accompagner, mademoiselle Daton, dit-il d'un ton mielleux. Je vous appellerai, si j'ai besoin de vous. »

Meg le regarda avec colère disparaître dans l'escalier et elle l'entendit pénétrer dans la chambre de Belle... et fermer la porte à clé.

A clé ?

Que comptait faire le docteur LaVane qui exigeât un tel secret ? Oh, et puis, se dit-elle, ce n'était pas son affaire. Plus vite tante Belle se remettrait, plus vite elle pourrait rentrer chez elle.

La cuisine était baignée de lumière, et Meg écarta tous les rideaux. Même le bayou semblait plus amical aujourd'hui, et les arbres moins menaçants. Elle ouvrit en grand la porte de derrière, emplissant ses poumons du parfum des gardénias. Elle se prépara ensuite un bol de céréales et alla le manger assise sur les marches.

Le ciel était d'un bleu aveuglant, sans le moindre nuage, et les herbes brillaient encore de leurs dernières gouttes de rosée. Il ferait encore une chaleur étouffante, pensa Meg sans enthousiasme, mesurant à quel point l'air conditionné lui manquait.

Elle entendit un pas lourd dans son dos et, se relevant vivement, elle vit que Doc s'apprêtait à partir.

« C'est vrai, elle va beaucoup mieux, dit-il d'un air satisfait en caressant du bout du doigt la pierre qui pendait à son cou. Ne vous ai-je pas dit que votre présence lui ferait du bien ?

— Eh bien, tant mieux, répondit Meg en acquiesçant d'un signe de tête.

— Ah, j'oubliais... » Il pointa un doigt effilé vers la maison et releva la tête. « Si vous pouviez vous asseoir avec elle de temps en temps, ce serait parfait. Même si elle n'a pas envie de parler, je suis sûr que votre présence aurait un effet stimulant sur elle. Parlez-lui. Cela maintiendra ses sens en alerte.

— Je ferai de mon mieux », promit Meg, puis elle ajouta par prudence : « Mais ce n'est que pour quelques jours. »

Le docteur LaVane posa sur elle un regard pénétrant, et Meg se sentit vaguement mal à l'aise.

« Oui, dit-il enfin. Oui, nous verrons. »

Meg ne fut pas mécontente de le voir monter dans son canot et s'éloigner. Quelque chose dans ses manières suavement courtoises lui donnait la chair de poule.

Meg se força à sourire et monta dans la chambre de tante Belle. Les joues et les lèvres de la vieille femme avaient été fraîchement maquillées, et Meg évita de trop regarder ce masque étrange tandis qu'elle arrangeait les couvertures.

« Je vois que Doc vous a aidée à vous maquiller, dit-elle d'un ton neutre. Vous savez, ça me ferait plaisir de le faire, la prochaine fois. »

Tante Belle porta une main tremblante à sa joue fardée.

« C'est une belle journée, dit Meg en regonflant les oreillers. Et Doc dit que vous allez beaucoup mieux. C'est formidable, non ? »

Tante Belle hocha la tête en fixant le visage de Meg de ses yeux profondément enfoncés.

« Voulez-vous que je vous prépare un petit déjeuner ? » demanda Meg en ouvrant les rideaux. Elle contempla un instant le paysage.

« Non », répondit tante Belle d'une voix râpeuse.

Meg se retourna. « Mais, tante Belle, il faut que vous mangiez un peu...

— Nooooon. » Une lueur têtue éclairait le regard de la vieille femme, et Meg abandonna. « Eh bien, voulez-vous que je reste un moment avec vous ? »

Les yeux s'adoucirent. « Ouuuiii... »

Meg sourit et alla s'asseoir dans le fauteuil à bascule. « De quoi voulez-vous que je parle ?

— Ddde... t... toi, gargouilla tante Belle.

— De moi ? » Meg se pencha en avant pour tapoter la main veinée de bleu qui reposait, inerte, sur le drap. « Il n'y a pas grand-chose à dire à mon sujet, mais je vais quand même essayer. » Elle commença de se balancer doucement, les yeux fixés sur une toile d'araignée qui pendait du plafond. D'une voix hésitante, d'abord, elle parla à la vieille femme du collège, de ses amis, de Joan et de Blake et de ce qu'ils avaient projeté de faire pendant les vacances d'été. Comme elle se détendait, il lui devenait plus facile de s'exprimer et en même temps elle se sentait moins seule en évoquant ainsi ses amis.

Meg n'avait pas l'impression d'avoir parlé pendant longtemps, mais elle se sentit soudain très fatiguée. Elle se frotta les yeux et vit que Belle la regardait avec un sourire paisible.

« Je crois que ça suffit pour le moment », dit Meg en se levant. Elle sentait ses muscles curieusement endoloris. « Que diriez-vous de déjeuner un peu plus tard. Je pourrais de nouveau vous faire la conversation. » Belle marmonna une réponse inintelligible, et Meg ajouta : « Voulez-vous prendre quelque chose maintenant ?

— Non.

— Alors je vais vous laisser vous reposer. » Meg ferma la porte et alla dans sa chambre mettre ses chaussures de tennis.

La photographie était sur la table, là où elle l'avait laissée. Meg la prit et l'examina attentivement, mais il n'y avait pas l'ombre d'une tache, pas la moindre auréole. Décidément son imagination lui avait joué là un drôle de tour.

La coupure, à son doigt, n'était pourtant pas imaginaire. Elle était encore un peu douloureuse, la peau légèrement enflée.

Ne sachant que faire de la photographie, Meg la posa debout contre le mur sur la commode. Après tout c'était une belle image, et elle apportait un brin de décoration à la pièce.

Elle descendit ensuite dans le jardin et se promena le long du bayou, en prenant garde de ne pas trop s'approcher de la berge. Les eaux brunâtres coulaient paresseusement, comme si la chaleur avait épuisé leur force. La main en visière au-dessus des yeux, Meg scruta la rive opposée. Il n'y avait rien d'autre à voir que des arbres aux branches chargées de ces longues mousses leur faisant comme des chevelures. Meg espéra qu'il n'y avait pas d'alligators. Elle avait entendu tant d'histoires à leur sujet, et ce bayou aux eaux troubles, ces hautes herbes constituaient un habitat parfait pour ces reptiles.

Comme elle revenait sur ses pas en direction de la forêt morte, elle chercha des yeux le chemin aperçu la veille. Il était bien là, dans l'ombre des lianes mortes et des arbres sans vie. La jeune fille avait terriblement envie de l'explorer, mais tout aussi peur d'y aller. Elle poursuivit son chemin vers la maison.

Qu'allait-elle faire de toute la journée ? Elle s'ennuyait déjà, et il n'était même pas midi. Si tante Belle avait un canot, elle pourrait peut-être se promener sur le bayou, aller rendre visite à Esther. Ce ne serait pas désagréable d'avoir de la compagnie et quelqu'un avec qui parler.

Enchantée de cette idée, Meg décida d'aller sur-le-champ demander à tante Belle s'il y avait un canot...

Elle leva la tête vers la façade de la maison et s'immobilisa, bouche bée.

La silhouette à la fenêtre !

La même silhouette dans la chambre de tante Belle, immobile derrière le rideau, qui semblait épier tous ses mouvements !

D'abord paralysée, Meg réagit ensuite avec toute la rapidité dont elle était capable. Elle courut à la porte d'entrée, monta quatre à quatre l'escalier et surgit dans la chambre de tante Belle.

La vieille dame ramena les couvertures sur son corps en un geste protecteur. Elle posa sur Meg de grands yeux effrayés.

« Oh ! excusez-moi de vous avoir fait peur, tante Belle, dit Meg en embrassant la chambre du regard et en constatant avec soulagement qu'il n'y avait personne hormis Belle et elle-même. Je... j'ai cru que vous m'appeliez, ajouta-t-elle pour expliquer son intrusion brutale.

— Non. »

Meg regarda les lèvres peintes, hideuse tache rouge au milieu d'un entrelacs de rides.

« Est-ce qu'il y a un canot, ici, tante Belle ?

— Non. »

Etait-ce son imagination ou bien la voix était-elle plus ferme qu'auparavant, se demanda Meg. Décontenancée, elle hocha la tête, referma la porte et alla dans sa chambre.

Non, elle n'était pas folle ! Et le soleil n'y était pour rien ! Elle avait distinctement aperçu quelqu'un derrière la fenêtre !

Et pourtant cela n'avait aucun sens, se dit-elle avec un soupir las en se laissant choir sur son lit.

Meg se sentait de nouveau terriblement fatiguée, bien qu'elle n'eût rien fait d'autre de la matinée que de parler pendant un moment à une vieille femme et effectué une courte promenade d'à peine deux cents mètres. Elle tendit la main vers l'un des livres qu'elle avait emportés, l'ouvrit et commença de lire.

Il faisait si chaud... et les gardénias exhalaient un parfum si fort... et elle était si lasse...

CHAPITRE 7

Quelque chose la réveilla.

Elle se redressa en sursaut dans son lit, le cœur battant.

Qu'est-ce que c'était ?

Elle se souvenait vaguement d'un bruit feutré, une sorte de froissement... de bruissement.

Un serpent ?

Meg ramassa ses jambes sous elle dans un réflexe de protection. Elle tremblait et transpirait. Comme ses yeux s'accoutumaient à la pénombre, elle constata qu'il n'y avait rien sur le parquet ni sur les murs.

Avait-il disparu sous le lit ?

Pourquoi était-elle si bête ? Pourquoi pensait-elle aux serpents ? Elle était dans sa chambre, la porte fermée, et aucune bête n'avait pu y pénétrer.

Mais Meg n'avait pas imaginé ce bruit. Elle s'efforça de s'en rappeler la nature... oui, un murmure semblable à celui du vent dans les feuillages... un froufroutement comme une robe traînant sur le sol...

Une robe !

Meg sauta du lit, en prenant soin de ne pas faire craquer le plancher. Un bref coup d'œil lui apprit qu'il n'y avait rien sous les meubles.

Respirant un peu plus aisément, elle sortit dans le couloir d'un pas incertain, comme si elle suivait à la trace l'écho de cet étrange bruit. Froissement de soie sur un parquet...

Parvenue devant la porte de tante Belle, elle s'arrêta, le bras tendu, craignant de toucher la poignée.

La porte n'était pas fermée !

Meg se souvenait clairement de l'avoir fermée la dernière fois qu'elle était montée voir Belle. Elle entendait encore le cliquetis de la serrure. Le pêne n'avait-il pas glissé dans la gâche ? N'aurait-elle pas tiré assez fort la porte ? Non, pourquoi doutait-elle systématiquement de ce qu'elle faisait, voyait, entendait depuis son arrivée dans cette maison ? Pas de doute, elle avait bel et bien refermé cette porte.

Alors qui l'avait ouverte ?

Meg l'entrebâilla craintivement et risqua un coup d'œil à l'intérieur. Tout semblait normal dans la chambre. Derrière la moustiquaire, il y eut un léger mouvement tandis que Belle se tournait dans son sommeil.

Cette fois, Meg s'assura que la porte était parfaitement fermée.

Le crépuscule tombait et une lueur lavande baignait le vestibule. Meg descendit lentement l'escalier, jetant un regard nerveux aux portraits. La collerette de dentelle donnait au visage un contour si doux. Meg entra dans la cuisine et fit de la lumière.

Elle posa bruyamment la bouilloire sur le feu, consciente du tremblement de ses mains. Elle leva la tête vers la pendule murale. Huit heures et demie ! Elle avait du mal à croire qu'elle eût dormi si longtemps. Il ne lui était jamais arrivé de dormir ainsi dans la journée, pas même de faire une sieste. Et là, elle avait dormi pendant près de dix heures !

Elle prit un sachet de thé dans le placard et posa une tasse et une soucoupe sur la table. Qu'est-ce qui l'avait réveillée ? Un rêve ? Meg ne le pensait pas. Le bruit avait été trop réel. Et la porte ouverte de tante Belle l'inquiétait encore.

La bouilloire se mit à siffler, déchirant le silence et tirant brutalement Meg de ses réflexions. Cela ne lui ressemblait pas non plus d'être aussi nerveuse. Non, vraiment, elle n'était pas elle-même ce soir.

Elle s'assit à la table, serrant les mains autour de sa tasse, laissant la chaleur la pénétrer. C'était agréable et Meg s'aperçut qu'elle avait froid malgré la moiteur de la nuit qui tombait. Elle avait faim aussi, et elle pensa un instant à réveiller tante Belle et à lui proposer de dîner, mais se ravisa. Elle n'avait pas envie de courir le risque de se retrouver confrontée avec une nouvelle énigme.

Meg sirota son thé, se détendant à mesure qu'elle se réchauffait.

Et soudain elle se figea, tous les sens en alerte.

Elle avait entendu distinctement un bruit derrière la porte du fond.

Les yeux écarquillés de stupeur, elle vit la poignée tourner et le battant s'ouvrir lentement...

Comme la porte s'entrebâillait, la lumière crue de l'ampoule pendant au plafond éclaira la lame d'un couteau, puis la main qui le tenait...

Meg se dressa en poussant un cri et en renversant sa chaise.

Dans l'entrée, Wes la contemplait de son regard sombre.

CHAPITRE 8

«Vous ! » Meg était dans un tel état de confusion qu'elle ne savait plus si elle devait fuir en courant ou éclater de rire.

« Attendiez-vous quelqu'un d'autre ?

— Je n'attendais personne ! Pourquoi n'avez-vous pas frappé ?

— Je l'ai fait, mais vous n'avez pas répondu. » D'un geste lent il rentra la longue lame du couteau de chasse dans la gaine accrochée à sa ceinture. « J'ai vu de la lumière dans la cuisine. Je ne sais pas pourquoi, mais j'ai pensé que vous aviez des ennuis.

— Des ennuis ? » répéta Meg d'une voix aiguë. Elle avait envie de tout lui raconter, mais quelque chose la retenait. Elle n'était pas sûre de pouvoir lui faire confiance, surtout après qu'il se fut faufilé dans la maison, le couteau à la main. Il avait beau sous-entendre que c'était dans la noble intention de la protéger, il ne lui en avait pas moins fichu une sacrée frousse !

« Vous tremblez », dit-il d'une voix grave.

Meg s'empressa de redresser la chaise qu'elle avait renversée et de se rasseoir, serrant de nouveau sa tasse de thé dans ses mains comme si elle s'accrochait à une bouée dans la tempête.

« Excusez-moi de vous avoir fait peur. » Le visage de Wes restait impassible, mais le ton semblait sincère. « J'ai laissé des provisions dehors. Je vais les chercher. »

Le garçon disparut dans la nuit et Meg se retint pour ne pas fondre en larmes. Elle parvint même à sourire quand Wes revint. « Avez-vous dîné ? lui demanda-t-elle.

— Non.

— Moi non plus. Voulez-vous vous joindre à moi ? » Elle ne savait pas trop pourquoi elle lui demandait cela. Elle ne désirait pas vraiment sa compagnie, mais la perspective de se retrouver seule à cet instant la paniquait.

Wes l'observait attentivement. « Si cela ne vous dérange pas, dit-il.

— Non, pas du tout. Il y a des steaks dans le frigo. Comment aimez-vous le vôtre ?

— Bien saignant. »

Cela ne m'étonne pas, pensa Meg. Elle trouva une poêle et alluma la cuisinière, tandis que Wes s'asseyait à table et la regardait faire.

« Pourquoi... euh... portez-vous ce... ? » Meg désigna de la main la ceinture du garçon en s'efforçant de donner à sa voix un ton détaché.

« Mon couteau ? Pour chasser et pour... me protéger.

— Vous protéger de quoi ?

— Des coins perdus comme celui-ci ont leurs propres moyens de défense, moi, j'ai les miens. »

Meg frissonna. « Un Pepsi ?

— Oui, merci. »

Meg remplit deux verres et lui en tendit un. « J'ai fait la connaissance de Doc aujourd'hui. »

Wes lui jeta un regard fixe. « Ah oui ?

— Il est passé voir tante Belle. Je lui ai dit qu'elle ne mangeait rien, mais cela n'a pas eu l'air de l'inquiéter. » Elle mit un paquet de frites congelées dans le four.

« Que pensez-vous de lui ? demanda Wes en faisant tourner son verre entre ses doigts longs et fins.

— Pourquoi cette question ?

— Simple curiosité.

— Ma foi, dit Meg, il n'est pas resté assez longtemps pour que je...

— Dites-moi sincèrement quelle impression il vous a faite », la coupa Wes d'un ton ferme.

Meg le regarda, quelque peu décontenancée. « Sincèrement ? D'accord... il ne m'a pas beaucoup plu, répondit-elle en espérant que son aveu ne choquerait pas le garçon.

— Moi non plus, je ne l'aime pas, pour employer un euphémisme, dit Wes.

— Ah bon ? Et pourquoi ? »

Wes leva vers elle son visage bruni par le soleil. « Trop net, trop poli, trop parfait », lâcha-t-il d'une voix froide.

Meg réfléchit aux paroles de Wes tout en sortant la viande de son emballage de cellophane. Le garçon avait trouvé les mots justes pour définir le dénommé Doc. L'homme était trop parfait. « Il n'a pas l'air ...vrai, ajouta-t-elle.

— Exactement. »

L'air était chargé de questions sans réponses. A la fin Meg hasarda : « Est-il populaire parmi ses patients ?

— Pour ça, oui. Il aurait, paraît-il, des pouvoirs. Il est capable de soigner n'importe quoi, de la morsure de serpent à l'attaque cardiaque. Incroyable, non ? Sa renommée est grande dans toute la région. » Un pli amer marquait la bouche de Wes.

« Comme un guérisseur ?

— Plutôt comme un sorcier.

— Quoi ? Il pratiquerait la magie, le vaudou ? demanda Meg que l'évocation du docteur LaVane rendait nerveuse.

— Cela n'a rien d'étonnant dans le coin, dit Wes d'un ton neutre. Les gens des bayous croient énormément à la magie et les Noirs des Antilles ont introduit le vaudou en Louisiane depuis fort longtemps.

— Et vous, Wes, vous croyez aux pouvoirs de Doc ?

— Je suis allé chez lui une fois, avec Esther et Anna. »

Anna ! Ce nom qui semblait avoir si fortement bouleversé Esther !

Sans vouloir paraître trop curieuse, Meg demanda d'un ton suave : « Et que s'est-il passé ?

— Rien mais pendant qu'il examinait Anna, je suis tombé sur sa bibliothèque, en faisant les cent pas dans le couloir. La porte était entrouverte, je l'ai poussée, et à la vue des rayonnages chargés de livres, je n'ai pu m'empêcher d'approcher, histoire d'examiner les titres. Ils traitaient tous de sorcellerie ou de magie !

— S'il obtient de si bons résultats avec ses malades, c'est qu'il est tout simplement bon médecin, fit remarquer Meg, et son intérêt pour la magie n'est sans doute qu'une curiosité intellectuelle. »

Le regard de Wes s'enflamma. « Il a guéri des gens en faisant de véritables miracles, mais il n'a rien fait pour Anna. Il n'a même pas essayé.

— Comment pouvez-vous en être aussi sûr ?

— Je le sais », répliqua Wes d'un ton ferme.

Meg le regarda caresser, sans réfléchir, le manche de corne de son couteau de chasse.

« Qui est Anna ? demanda Meg, espérant le tirer de ses sombres pensées.

— C'est ma sœur. Enfin, c'était... », répondit-il calmement.

Meg lui lança un regard intrigué tout en faisant glisser les deux steaks dans la poêle. La viande commença de grésiller, emplissant la cuisine d'une agréable odeur. « Quel âge avait-elle ?

— A peu près le vôtre.

— Je suis désolée. » Elle piqua la viande à l'aide d'une fourchette tandis que Wes se renversait sur sa chaise contre le mur, en croisant ses longues jambes devant lui. Il ne triturait plus le manche de son couteau. Calme et silencieux, il observait Meg qui s'activait devant la cuisinière.

« De quoi souffrait-elle ? » demanda la jeune fille au bout de quelques minutes.

Wes haussa les épaules. « Je ne sais pas, dit-il, les yeux levés vers le plafond. Elle s'est éteinte jour après jour devant nous, sans que personne ait pu lui porter secours.

— Cela a dû être terrible pour vous », déclara Meg avec compassion.

Wes pinça les lèvres. « Je n'ai jamais cru une seule seconde que Doc ait au moins essayé de la sauver. » Il redressa sa chaise et pencha le buste en avant tandis que Meg plaçait devant lui son assiette. « Esther ne s'en est jamais tout à fait remise. Elle ne pouvait pas avoir d'enfant.

— Alors Anna aussi était une enfant adoptée ? »

Il hocha la tête.

« Vous étiez vraiment frère et sœur ? »

De nouveau Wes se contenta de hocher la tête.

« Etiez-vous très proches l'un de l'autre ? » Le voyant acquiescer pour la troisième fois d'un signe de tête, Meg ne put s'empêcher de sourire. « Enfin, vous avez quand même eu une sœur pendant pas mal d'années. Moi, j'ai toujours été fille unique.

— Vous habitez La Nouvelle-Orléans. » De nouveau ce ton de reproche.

« Oui, répondit Meg en sortant des couverts du tiroir de la table.

— Vos parents sont divorcés ?

— Oui, depuis dix ans. Je n'ai pas eu le temps de bien connaître mon père. C'est dur pour ma mère. » Pouquoi lui racontait-elle tout cela ? Meg regarda les longs cheveux noirs de Wes qui tombaient sur son col de chemise. Peut-être éprouvait-elle une soudaine compassion pour le jeune homme ? Peut-être s'apitoyait-elle seulement sur son propre sort et ressentait-elle un besoin urgent et pressant de se confier à quelqu'un...

Wes coupait sa viande avec une sûreté qui fascinait littéralement Meg. Elle en oubliait de manger.

« Ça va ? » lui demanda-t-il.

Meg hocha la tête et prit une profonde inspiration. « Oui, ça va. Un peu fatiguée, c'est tout. » Elle s'étonnait tout de même de cette fatigue, alors qu'elle avait passé la journée à dormir.

« C'est la chaleur. Ce n'est pas la même qu'en ville.

— Etes-vous déjà allé à La Nouvelle-Orléans ?

— Bien sûr, mais je n'aime pas les villes.

— L'un de nos rêves, à maman et à moi, dit Meg, c'est d'avoir un jour une maison à la campagne. Ma mère travaille tellement qu'elle aurait vraiment besoin de se reposer de temps à autre au grand air.

— Vous habitez dans un appartement ?

— Oui, c'est tout petit. Je n'ai même pas une chambre pour héberger mes amis ! »

Wes avala une grande gorgée de Pepsi. « Vos amis vous manquent. »

Meg eut un sourire triste. « Mon amie Joan donne une grande fête demain soir, et Blake... » Elle se tut abruptement en rougissant.

« Votre petit ami. » Ce n'était pas une question, mais un constat.

Meg mâchouilla un bout de viande en souhaitant que Wes arrête de la dévisager. « Il est furieux après moi en ce moment, marmonna- t-elle.

— Parce que vous êtes venue ici. »

Meg eut un rire embarrassé. « Hé ! j'aimerais bien que vous cessiez de deviner mes pensées ! »

Wes baissa les yeux sans rien dire.

« Oui, nous nous sommes disputés », reconnut Meg. Elle ne savait vraiment pas pourquoi elle faisait toutes ces confidences à Wes. Peut-être avait-elle trop longtemps gardé tout cela pour elle, et c'était maintenant un soulagement de pouvoir en parler.

« Vous êtes comme qui dirait... fiancés, Blake et vous ? demanda Wes en s'essuyant la bouche du coin de sa serviette.

— Non, pas du tout, répondit Meg d'une voix à peine audible. Mais parlez-moi donc de vous.

— De moi ? » Le visage du garçon restait toujours impassible, mais il y avait un air de défi dans son regard sombre.

« Oui, dites-moi si vous avez une petite amie », demanda Meg en sentant ses joues prendre feu.

Pourvu que Wes ne prenne pas sa question pour une avance. Elle détestait les filles qui se jetaient au cou des garçons.

« Il n'y a pas de fille dans le coin. » Wes écarta sa chaise de la table et la regarda calmement.

« Oui, c'est ce que disait Esther hier. Pourquoi ça ? »

Wes secoua la tête. « Il doit bien y avoir une raison, mais tout cela nous dépasse.

— Ma question était sérieuse, le taquina Meg.

— Ma réponse aussi », répliqua-t-il gravement.

Elle joua un instant avec sa fourchette. « Depuis combien de temps vivez-vous ici ?

— Cinq ans. Le second mari d'Esther possédait ce magasin sur le bayou. Il est mort peu de temps après, mais Esther décida de conserver le commerce. Elle est très bonne commerçante, et les gens l'aiment bien.

— Est-elle heureuse ici ?

— Aussi heureuse qu'elle l'a toujours été.

— Et vous ?

— Et vous ? répliqua-t-il d'un ton de défi.

— Oh, je me sens un peu seule ici », dit Meg, évasive. Elle ne désirait pas lui parler des faits étranges dont elle avait été témoin ces deux derniers jours.

Wes soupira. « J'allais oublier... votre mère a appelé Doc parce qu'elle n'arrivait pas à vous joindre. Je suppose qu'elle ne savait pas que vous n'aviez pas le téléphone ici. Doc lui a donné notre numéro, et elle vous appellera au magasin demain soir. Je viendrai vous chercher vers huit heures.

— Mais je ne peux pas laisser tante Belle sans surveillance !

— Esther restera ici pendant ce temps-là.

— Ah, c'est parfait ! Merci beaucoup.

— Bon, il faut que je rentre, dit-il en se levant. Merci pour le dîner.

— Vous êtes le bienvenu », dit Meg, en le pensant réellement.

Wes parut hésiter, comme s'il essayait de réfléchir à quelque chose, puis il fit un bref salut de la tête et sortit par la porte de derrière.

Meg guetta le bruit des avirons plongeant dans l'eau puis elle ferma la porte. La soirée avait été agréable et elle était heureuse d'avoir vu Wes. Maintenant qu'elle commençait à le connaître, Meg le trouvait moins inquiétant.

Elle décida de remettre la vaisselle au lendemain et monta à l'étage. Elle passerait voir si tante Belle n'avait besoin de rien puis irait se coucher.

La porte de Belle était fermée et, alors qu'elle s'apprêtait à tourner la poignée, elle entendit un faible appel à l'intérieur.

« Qu'y a-t-il, tante Belle ? » demanda Meg en passant la tête par la porte entrebâillée. Elle fronça les sourcils en voyant tante Belle qui s'efforçait de se redresser dans son lit, battant l'air de ses bras maigres, la bouche grande ouverte, essayant vainement de parler.

« Oh, tante Belle, qu'avez-vous ? » Meg se précipita auprès d'elle et l'aida à se caler plus confortablement contre les oreillers. Comme elle arrangeait les couvertures sur la poitrine décharnée, Belle lui saisit le poignet d'une main froide et sèche. Meg grimaça, stupéfaite par la force étonnante de cette main pareille à une serre d'oiseau de proie.

« Quiiii ? siffla la vieille femme dans un effort désespéré de communiquer.

— Qui ? C'était Wes, tante Belle. Il est venu apporter des provisions. Le bruit de nos voix vous a fait peur ? » dit Meg en essayant de se libérer de cette étreinte douloureuse. « Je suis désolée, tante Belle. Je ne savais pas que vous étiez réveillée. Nous ne voulions pas vous déranger. »

De plus en plus inquiète, Meg parvint enfin à libérer son bras. Les doigts de Belle avaient laissé sur sa peau une profonde marque rouge. Meg était déconcertée. Tante Belle n'avait pas mangé depuis deux jours. Comment pouvait-elle être aussi forte ?

« Nee... t'approchee... paaaa... » Les yeux brillants et mouillés, tante Belle semblait arracher les mots de sa gorge.

Meg se redressa et recula vers la porte. « Que dites-vous, tante Belle ? Je ne comprends pas. »

La silhouette fantomatique voilée par la moustiquaire lui faisait signe de venir plus près et la voix chevrotante s'éleva dans le silence de la chambre. « Nee... t'approcheee... paa... de Wesss... »

Ne t'approche pas de Wes !

Meg déglutit péniblement et s'efforça de maîtriser le tremblement de sa voix. « Ne vous inquiétez pas, tante Belle. Il est parti. Reposez-vous, maintenant. Je vous verrai demain matin, d'accord ? »

Tante Belle poussa un faible gémissement et ferma les yeux. Meg l'observa pendant un moment puis elle quitta la chambre et referma la porte sans faire de bruit.

Que voulait dire tout cela ? Wes était déjà venu la veille. Meg se rappela qu'ils s'étaient tous retrouvés dans la chambre de Belle, le jour de son arrivée. Il ne s'était rien passé d'anormal... si ce n'est que tante Belle avait regardé Wes d'un air étrange. La vieille femme savait-elle quelque chose au sujet du jeune homme ? Quelque chose d'assez alarmant pour qu'elle décide aujourd'hui de mettre Meg en garde ? Etait-elle restée éveillée pendant tout le temps de sa visite, tendant désespérément l'oreille pour surprendre leur conversation, remplie de peur pour Meg et douloureusement impuissante à lui porter secours ?

Meg s'appuya contre le mur et sentit les larmes lui brouiller la vue. Ses pensées étaient si confuses. Elle commençait à peine à faire confiance au garçon et, soudain, on la mettait en garde contre lui. Que devait-elle faire maintenant ?

Dormir, décida-t-elle. C'était probablement la meilleure des choses à faire. La nuit portait conseil. Et puis, tante Belle avait peut-être été troublée par un mauvais rêve. Elle venait sans doute de se réveiller et avait quelque peu divagué dans un demi-sommeil.

Meg se mit au lit en craignant de ne pouvoir dormir après les longues heures de sommeil prises dans la journée, mais elle s'endormit presque aussitôt.

Elle ne savait pas quelle heure il était quand elle se réveilla ni combien de temps elle avait dormi, car la chambre était plongée dans l'obscurité. Le lourd parfum des gardénias l'entêtait tellement qu'elle avait du mal à rouvrir les yeux. Meg avait chaud, terriblement chaud. Elle repoussa avec ses jambes le drap et la couverture et s'assit dans son lit.

La lueur de la lune filtrait à travers les rideaux, tachant d'argent les murs et éclairant d'une lumière insolite le portrait de Belle sur la commode.

Meg ne pouvait détacher son regard de la photographie. Les yeux exorbités, elle vit soudain la longue et opulente chevelure s'animer de reflets qui ne devaient rien à la lune. Puis les yeux prirent à leur tour un éclat qu'ils n'avaient pas auparavant. Le plus étonnant, c'était l'impression de vie émanant de ce portrait. La matière même du papier semblait animée d'un battement, d'une pulsation, comme un cœur ou une poitrine se soulevant au rythme de la respiration. Oui, le portrait vivait !

Et ce battement qui animait la photographie appartenait au cœur de Meg. C'était sa propre énergie qui nourrissait devant ses yeux ce visage de jeune fille fixé par la pellicule dans sa prime beauté.

Abasourdie, Meg entendait battre son cœur avec une force peu commune. A chaque pulsation, régulière et puissante, le portrait se colorait, tel un visage s'empourprant soudain, puis s'éteignait doucement pour de nouveau prendre la couleur d'un bel incarnat. C'était son propre cœur que Meg sentait battre là-bas et, à travers son regard endormi, elle voyait s'établir entre elle et le portrait un courant de vie qu'elle ne pouvait contrôler.

Meg se laissa aller sur son oreiller, perdue dans le doux murmure d'un jeune rire insouciant qui n'était pas le sien mais qui s'échappait de ses propres lèvres.

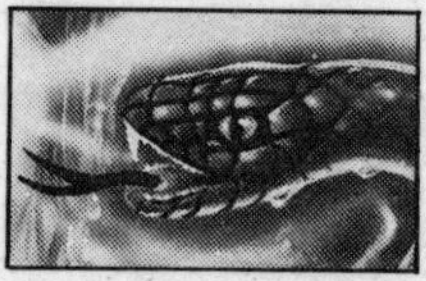

CHAPITRE 9

Meg avait une sale migraine.

Elle s'aspergea le visage d'eau froide. Son reflet dans le miroir la fit tressaillir. Elle semblait avoir subitement vieilli de plusieurs années.

« Voilà ce qu'on gagne à trop dormir », se reprocha-t-elle.

De vagues souvenirs de la nuit flottaient dans son esprit. Il lui sembla se rappeler cette lueur sur le portrait et aussi ce battement de... quoi ? Non, tout cela était trop flou pour pouvoir en tirer une quelconque leçon. La jeune fille se souvenait par contre avec précision de l'irritation manifestée par tante Belle à la suite de la visite de Wes. Mais pourquoi ? Agacée par toutes ces questions sans réponses, Meg jeta la serviette en boule sur le porte-serviettes. Elle allait de ce pas demander une explication à sa tante au sujet de Wes. Elle sortit dans le couloir d'un pas décidé mais elle n'avait pas fait trois pas que le doute la saisit. Avait-elle réellement envie de savoir la vérité ?

Elle frappa doucement à la porte de Belle et entra. Le spectacle qui l'attendait avait de quoi surprendre.

Tante Belle était assise bien droite dans son lit, et elle lui souriait derrière la moustiquaire.

« Meg... » La voix de la vieille femme était encore très faible mais étonnamment claire.

« Eh bien, tante Belle ! s'exclama Meg. Vous avez l'air en pleine forme ! » Elle avait du mal à en croire ses yeux. Le visage de Belle, bien que toujours aussi peinturluré, semblait plus plein, et ses yeux brillaient de vivacité. Même les rides s'étaient légèrement estompées comme si les marques du temps s'étaient effacées durant la nuit, rappelant de nouveau la jeune beauté qu'elle avait été jadis.

Tante Belle lui fit signe de s'asseoir dans le fauteuil à bascule. « Viens... »

Stupéfaite de cette métamorphose inattendue, Meg prit place en silence dans le fauteuil, soutenant d'un air perplexe le regard de tante Belle.

« Si... belle... » Sa voix évoquait le bruit des feuilles mortes. « Si... belle, vraiment... » Elle leva une main tremblante et caressa la joue de Meg.

Meg frissonna intérieurement au contact de cette peau ridée. Ces compliments sur sa beauté l'embarrassaient d'autant plus qu'elle venait de se voir dans le miroir de la salle de bains et qu'elle s'était trouvé une mine affreuse. Meg pensa que tante Belle voulait se montrer aimable, mais il y avait dans le contact de cette main osseuse sur sa peau une vibration qui la troublait.

« Je... j'ai été jeune, moi aussi... mais maintenant... » murmura tante Belle.

Les doigts s'attardèrent sur la joue, descendirent vers l'épaule et revinrent se poser sur la couverture, où ils se recroquevillèrent, telles les pattes d'une monstrueuse araignée.

Des larmes mouillèrent les yeux pâles de Belle, et le cœur de Meg se serra. « Allons, tante Belle...

— Vieille, murmura de nouveau la voix. Je suis... vieille... maintenant.

— Ne parlez pas comme ça, dit vivement Meg en prenant la frêle main dans la sienne. Regardez-vous ! Vous vous remettez si vite, et nous sommes tous tellements contents que vous soyez... » Elle se tut abruptement en rougissant.

« Encore en vie. » Belle hocha lentement la tête. « C'est moi qui suis... contente... » Elle regarda Meg et un étrange sourire éclaira son visage.

Meg retint son souffle. Ce sourire ! C'était le même sourire secret que l'on retrouvait sur les portraits dans l'escalier ! En un éclair la jeune fille, adossée contre des oreillers, encadrée par la moustiquaire tombant en drapé de chaque côté au lieu des cadres ovales protégés d'un verre. Cette vision, si fugitive fût-elle, lui donna le vertige, et la jeune fille se laissa aller à la renverse dans son fauteuil en fermant les yeux.

« Là... reste... avec moi... murmurait Belle comme une enfant.

— Oui, répondit Meg d'une voix absente, les yeux fermés. Oui, tante Belle, je vais rester... »

La chambre tournoyait autour d'elle, et Meg respira profondément en agrippant les bras du fauteuil. Ce n'était pas dans ses habitudes de s'évanouir, elle n'aimait pas cette sensation de tournis. La sueur perlait sur son front, et elle commençait de suffoquer dans la chambre baignée de soleil. Se balançant doucement, Meg se concentra sur le petit grincement du fauteuil en essayant d'accorder sa respiration à son rythme lancinant. Sa tête était lourde, et ses idées confuses, et bien qu'elle se sentît capable d'émettre un son, elle n'avait plus la force d'ouvrir les yeux. Meg sentit son corps se détendre. Sa tête dodelina une fois, deux fois, puis s'affaissa sur sa poitrine pour ne plus bouger...

Comme c'est bon, pensa-t-elle, *de se laisser aller ainsi et de tomber dans le sommeil... et l'oubli...*

« Mademoiselle Daton ? »

Une voix lointaine flottait comme une écharpe de soie dans son esprit.

« Mademoiselle Daton ? Je vous en prie, réveillez-vous maintenant. »

Meg gémit et ouvrit les yeux. Elle avait mal au dos et la nuque raide. Quelqu'un se penchait au-dessus d'elle.

« Mademoiselle Daton, vous vous sentez bien ?

— Quoi ? » demanda Meg, promenant un œil hagard sur la pièce plongée dans l'obscurité. Quoi ! le soir tombait déjà ? Ce n'était pas possible ! Elle venait juste de se lever !

Paniquée, Meg voulut se redresser, mais deux mains fortes aux ongles manucurés la retinrent. Elle leva la tête et rencontra le regard du docteur LaVane.

« Calmez-vous, mademoiselle Daton. Vous n'avez pas de raison de vous alarmer. Je suis là, et vous avez dormi, c'est tout.

— Mais... mais c'est impossible ! s'écria Meg en jetant un regard désespéré vers la fenêtre colorée par les derniers rayons du soleil. Je veux dire que... je viens juste de me réveiller ! »

Doc la considéra en silence pendant un moment puis il lui toucha légèrement le front. « Vous me paraissez quelque peu perturbée, dit-il. Vous devriez aller vous préparer quelque chose à manger.

— Mais vous ne comprenez pas, dit Meg d'une voix pressante. Quand je suis entrée dans cette chambre, il faisait jour, c'était le matin et...

— Et maintenant le soir tombe, dit tranquillement Doc en caressant la pierre blanche qui pendait à son cou. Aussi pourquoi ne pas vous faire à dîner ?

— Mais je n'ai même pas eu le temps de préparer le petit déjeuner de tante Belle ! » s'écria Meg d'une voix aiguë, et Doc porta un doigt à ses lèvres, lui faisant signe de se taire.

« Regardez-la donc, votre tante, dit-il doucement. Elle ne semble pas souffrir d'une quelconque négligence de votre part. Je la trouve même remarquablement bien. Ce n'est pas votre avis ? »

Meg tourna la tête vers la silhouette allongée dans le grand lit. Tante Belle souriait dans son sommeil, et une belle couleur qui ne devait rien au maquillage animait ses joues. Meg ne pouvait détacher les yeux de la vieille femme, et Doc finit par la secouer gentiment par les épaules. « Allez donc vous restaurer, dit-il. Vous êtes pâle. Je viendrai prendre votre température avant de partir.

— Non, merci, je vais très bien », marmonna Meg en se levant. Elle avait les jambes en coton et elle se traîna jusqu'à la porte sous le regard impassible du docteur LaVane. « C'est la chaleur, vous savez. Seulement la chaleur. »

En descendant l'escalier, Meg l'entendit refermer la porte à clé. Elle s'arrêta sur une marche et tendit l'oreille. Elle perçut le pas du docteur s'approchant du lit et le froufroutement de la moustiquaire qu'on écartait, enfin la voix de basse de Doc. « Je suis très satisfait, Belle, disait-il. Vraiment très satisfait. »

Meg sentit un frisson glacé lui parcourir l'échine. N'était-ce pas un rire qu'elle venait de percevoir ? Ce rire doux, insouciant et féminin, qu'elle avait déjà entendu ?

Elle jeta un regard hébété aux portraits ornant les murs, puis s'en fut rapidement vers la cuisine.

Elle ouvrit le réfrigérateur, trouva une barquette de dinde congelée assortie de légumes cuisinés. Elle la sortit du compartiment à glace mais la barquette lui glissa des mains et tomba par terre. Elle se baissa pour la ramasser et, de nouveau, la barquette lui échappa. Que lui arrivait-il ? Elle n'avait plus aucune force ? Même pas celle de ramasser un plat congelé ? Meg avait mal au dos, aux épaules, à la tête. Qu'avait-elle ? La grippe ?

Formidable, pensa-t-elle avec amertume. Il ne me reste plus qu'à contaminer tante Belle avec mes microbes ! Peut-être laisserait-elle Doc lui prendre la température après tout.

Meg glissa la barquette d'aluminium dans le four et se laissa choir sur une chaise. Elle ne bougea même pas quand Donc entra dans la cuisine. Il sortit un thermomètre de sa trousse.

« Eh bien, voyons un peu. Vous avez mal partout ?

— Partout, acquiesça Meg. Vous ne pensez pas que c'est la grippe ? Je ne pourrais plus rester près de tante Belle sinon. »

Doc lui fourra le thermomètre sous la langue. « Il n'y a pas de raison de s'alarmer, dit-il.

— Mais si je suis vraiment malade...

— Ecoutez, c'est moi le médecin, ici, lui rappela tranquillement Doc. Ne dites plus rien maintenant. Détendez-vous. »

Meg hocha la tête et baissa les yeux. Elle se sentait au bord des larmes.

« Vous vous inquiétez trop au sujet de votre tante, la taquina Doc en fouillant dans sa trousse. Je vous l'ai dit, les injections que je lui fais sont amplement suffisantes pour compenser son manque d'appétit. C'est votre présence affectueuse qui compte le plus. »

Meg approuva d'un hochement de tête sans enthousiasme.

« Et je suis content de pouvoir enfin parler un peu avec vous, dit Doc en faisant quelques pas dans la cuisine. Belle m'a fait comprendre que le garçon du magasin était venu ici, hier au soir, n'est-ce pas ? »

Meg se raidit, sur la défensive. Elle avait elle-même voulu interroger tante Belle au sujet de l'incident de la veille, sans que personne — et en particulier, Doc — soit au courant.

« Il est chargé de nous apporter les provisions, marmonna Meg, le thermomètre dans la bouche. Il faut bien qu'on mange, non ? » La brusquerie de son ton la surprit elle-même. Elle se montrait d'ordinaire plus diplomate et plus souple. Mais il y avait dans les manières du médecin une condescendance qui l'agaçait souverainement.

Pourquoi suis-je comme ça ? se demanda-t-elle en ravalant son envie de pleurer.

« Je vous prie de ne pas me parler sur ce ton, la réprimanda Doc. Belle n'aime pas ce garçon, et moi non plus. »

Meg songea que Wes nourrissait une antipathie réciproque à l'égard de Doc. Celui-ci devait bien le savoir.

« Désolée, mais il faut bien que je mange, répéta-t-elle, têtue.

— Ce garçon est dangereux », dit Doc en attendant la réaction de Meg. Comme elle exprimait une certaine surprise, il poursuivit d'un air apparemment satisfait : « Voyez-vous, mademoiselle Daton, ce garçon est dangereux, parce qu'il est déséquilibré. »

Le cœur de Meg se serra douloureusement.

« Il a perdu sa sœur il y a deux ans. » Doc secoua tristement la tête. « Anna avait contracté une maladie mortelle. Quelle misère, vraiment ! C'était une si belle jeune fille. J'ai fait tout ce qui était en mon pouvoir pour la sauver, mais à mon très grand regret, ma science s'est révélée impuissante. »

Il avait fait tout ce qui était en son pouvoir ?

Meg nageait en pleine confusion. A en croire Wes, Doc n'avait même pas essayé de sauver sa sœur. La première impression de méfiance à l'égard de Wes avait-elle été la bonne ? Le garçon lui avait-il menti ?

Doc jeta un regard à sa montre et se mit à arpenter la cuisine entre Meg et la cuisinière, tout en caressant la surface polie de la pierre blanche au bout de sa chaîne en or.

« Oui, une triste histoire, je dois dire. Bien sûr, le garçon me tint pour responsable, comme le font toujours les gens de son espèce dans ces cas-là. Il faut qu'ils passent leur colère sur quelqu'un. Peu importe que l'on soit innocent. A la mort de sa sœur, sa personnalité s'altéra gravement. Il devint hostile. Il lui arrive encore de disparaître pendant des semaines dans les bayous, laissant Esther au comble de l'inquiétude. C'est un garçon sauvage, de cœur comme d'esprit. Il y a eu plusieurs mystérieux assassinats dans le coin. Certaines personnes n'ont jamais été retrouvées. Et ce fou avec son couteau de chasse... » Doc soupira. « Je crois bien qu'il est irrécupérable. »

Fou ! Irrécupérable ! Les yeux de Meg s'écarquillèrent de stupeur. Sa gorge se serra. « Mais... mais c'est impossible ! » s'écria-t-elle.

Doc leva une main autoritaire. « Je sais ce que vous pensez, et vous n'avez pas tort, naturellement. Ce garçon paraît normal. Il est même amical et aimable parfois. Mais les déséquilibrés de son genre sont souvent des personnes très rusées, intelligentes. Il leur arrive parfois de se comporter tout à fait normalement. Le problème, c'est qu'on ne sait jamais combien de temps durera la rémission de leurs troubles. On sait, par contre, qu'un rien peut déclencher de nouveau leur folie et les replonger dans leur enfer. »

Meg écoutait. La voix de Doc ne trahissait pas la moindre émotion. Il lui tourna soudain le dos et regarda par la fenêtre dans la nuit.

« Vous savez comment Anna est morte, n'est-ce pas ? » Comme Meg ne répondait pas, il lui fit de nouveau face et, baissant la voix jusqu'au chuchotement, il poursuivit : « Elle s'est noyée. C'est du moins ce qu'on a dit. Elle se trouvait avec son frère dans leur canot, et il est rentré seul, en prétendant l'avoir laissée sur la berge, à sa demande. Que pouvait-il dire d'autre ? En fait, Anna avait disparu. Les hommes draguèrent le bayou pendant trois jours et, quand ils retrouvèrent le corps, on conclut à un accident... » Il eut un geste vague de la main, comme s'il voulait laisser les détails à l'imagination de Meg. « Oui, un accident déplorable, prétendit-on, faute de preuve. »

Une larme roula sur la joue de Meg, et elle ne prit même pas la peine de l'essuyer.

« Esther a préféré croire à un accident, reprit Doc. Anna se serait noyée après que son frère l'eut déposée sur la berge. Et certains ont affirmé qu'elle s'était suicidée car elle ne supportait plus de souffrir. Mais comment savoir ? Le garçon ne pouvait plus endurer de la voir se consumer jour après jour et, plusieurs fois, en ma présence, Anna l'avait supplié de mettre fin à sa longue agonie.

« Songez, mademoiselle Daton, que vous avez sensiblement le même âge que sa malheureuse sœur quand elle est morte. Pour Wes, sa mort est une injustice, et il cherche à se venger. Après tout, pourquoi une jeune fille aussi séduisante que vous aurait-elle le droit de vivre, se demande-t-il, alors que sa sœur s'est vu refuser ce droit ? »

Il enleva doucement le thermomètre de la bouche de Meg et lui fit un grand sourire. « Personnellement, je trouve bizarre qu'il n'y ait pas de jeunes filles dans la région. N'est-ce pas votre avis, mademoiselle Daton ? Aussi, soyez prudente. Restez aimable avec lui s'il vient, mais ne le laissez pas entrer. Ne mettez pas en danger votre vie ou même celle de Belle. Il est imprévisible. Protégez-vous. »

Meg le regarda ramasser sa trousse pour partir.

« Vous êtes en parfaite santé, mademoiselle Daton, ajouta-t-il après avoir jeté un coup d'œil au thermomètre. Continuez de bien vous porter. Bonne nuit. »

Pendant plusieurs minutes, Meg ne bougea pas de sa chaise, indifférente à ses douleurs musculaires et à son vertige. Les mots de Doc résonnaient tristement dans sa tête, et elle eut l'impression que la vie se retirait lentement de son corps pour laisser place à un vaste désert. Son regard se brouilla, et de grosses larmes ruisselèrent sur ses joues.

Comment était-ce possible ? Wes était-il fou ?

Il s'était montré si agréable la veille au soir ! Si humain, si normal quand il lui avait parlé de sa sœur disparue. Et Meg avait même été soulagée d'apprendre qu'il n'aimait pas le docteur LaVane. Elle comprenait maintenant pourquoi : Doc savait qu'il était mentalement dérangé. Wes n'avait parlé à aucun moment de noyade. Et cette omission aussi tombait sous le sens : cela risquait d'attirer les soupçons sur lui. Enfin il y avait ces yeux dont le sombre éclat inquiétait Meg. Oui, ce regard était trop perçant, trop vif et perpétuellement en alerte pour ne pas cacher un trouble profond...

La jeune fille avait envie de rentrer chez elle. Quand elle aurait sa mère au bout du fil, elle pourrait discuter de son retour. Elles conviendraient d'une date. Après tout, Doc avait dit lui-même que Belle allait beaucoup mieux. Aussi sa présence n'était-elle peut-être plus nécessaire...

Meg tressaillit. Elle avait oublié que Wes passerait la chercher à huit heures. Elle eut soudain froid partout. Lui avait-il tendu un piège ? Il avait très bien pu inventer cet appel de sa mère, afin de l'attirer dehors...

Meg se leva brusquement en se tordant les mains de désespoir. Pourquoi n'avait-elle pas pensé à demander à Doc si sa mère l'avait vraiment appelé la nuit dernière ? Doc lui aurait dit la vérité. Mais qu'allait-elle faire maintenant ? Si elle lui témoignait de la méfiance, Wes pourrait se fâcher. Doc avait dit qu'il suffisait d'un rien pour réveiller la folie qui sommeillait en lui. Et tante Belle aussi serait en danger. Malgré sa propre peur, Meg se devait de protéger la vie de la vieille femme.

S'efforçant de mettre un peu d'ordre dans ses pensées, elle retira son morceau de dinde au four et le posa sur le plan de travail à côté de l'évier. Elle monta ensuite sur la pointe des pieds jusqu'à la chambre de Belle, qui dormait paisiblement. La lueur de la lune tombait sur la moustiquaire, baignant le lit d'un doux éclat argenté. Le visage de Belle, étrangement éclairé de taches sombres et claires, évoquait une photographie en noir et blanc. Meg frissonna. Sans bruit, elle referma la porte.

De retour dans la cuisine, elle scruta l'obscurité par la fenêtre. Elle avait l'estomac noué et de grosses gouttes de sueur coulaient dans son cou.

Elle entendit enfin le bruit sourd du canot cognant contre l'embarcadère. Quelques minutes plus tard, on frappa à la porte et elle perçut des voix étouffées ainsi que le gémissement d'un chien. La gorge serrée, elle alla ouvrir et se retrouva serrée contre la poitrine confortable d'Esther.

« Meg ! comme vous êtes pâle ! On vous a fait peur ? Wes ne vous a pas dit que nous venions ce soir ? »

Soulagée, Meg rendit son étreinte à la brave femme. Cela ne pouvait être un piège. Esther le saurait. Esther n'était pas folle. Sa mère allait donc vraiment lui téléphoner et elle pourrait enfin quitter cette maison et ces lieux où elle avait l'impression de dépérir lentement.

« Vous n'avez même pas touché à votre dîner, dit Esther en secouant la tête d'un air de reproche. Nous vous avons dérangée...

— Non, pas du tout, dit Meg. Je n'ai pas très faim, voilà tout. Mais si cela vous dit, Esther, ne vous gênez pas.

— Eh bien, ce n'est pas de refus, répondit Esther en gloussant. Je n'ai encore rien avalé depuis le déjeuner.

— Tante Belle dort », dit Meg en voyant Wes entrer sans un bruit dans la cuisine. Derrière lui Beau jappait en grattant la porte.

« Ne vous en faites pas pour nous, dit Esther. Dépêchez-vous donc d'y aller, vous deux. Et toutes mes amitiés à votre mère, Meg. »

Meg hésita. Elle avait envie de se jeter dans les bras rassurants d'Esther. Finalement elle demanda abruptement : « Maman a vraiment dit qu'elle appellerait ? »

Esther parut surprise. « Mais oui, c'est du moins ce que Doc a dit à Wes ! Pensez-vous que j'aurais abandonné mon feuilleton favori à la télé sans une bonne raison ? Allez, vous deux, partez vite sinon vous risquez de la manquer ! »

Meg passa devant Wes. Elle sentit son regard sur elle, tandis qu'il la suivait, silencieux.

Elle s'arrêta au bas des marches du perron. « Il y a des serpents ? demanda-t-elle inquiète.

— Probablement, mais ils s'enfuiront en nous entendant approcher. »

Mag se mordit la lèvre, hésitant à suivre Wes dans le noir. S'apercevant que Meg n'était pas derrière lui, Wes s'immobilisa et alluma une torche électrique que Meg n'avait pas remarquée.

« Venez, dit-il en se tournant vers elle et en lui tendant la main. Je marcherai devant. »

Ne sachant que faire, Meg accepta la main tendue et sentit les doigts longs et forts du garçon enserrer les siens.

Ils marchèrent en silence jusqu'à l'embarcadère branlant. Beau bondissait çà et là à la poursuite des papillons de nuit. Le parfum lourd des gardénias se mêlait à l'odeur de vase du bayou.

Wes posa un pied dans l'embarcation et attira doucement Meg vers lui. Comme elle s'apprêtait à monter dans le canot, il se produisit un bruissement dans les herbes tout près d'elle. Elle poussa un cri et perdit l'équilibre. L'instant d'après elle se retrouva dans les bras de Wes, son visage contre la poitrine du garçon, la respiration coupée.

« Ce n'est rien, dit-il en la maintenant fermement contre lui. Calmez-vous.

— Mais je l'ai entendu ! Il glissait dans les herbes et... »

Meg leva la tête vers lui et se sentit mollir sous son regard pénétrant. Un instant elle crut qu'elle allait s'évanouir.

Wes s'empressa de l'installer dans le canot, puis il monta à son tour, tandis que Beau sautait à côté de Meg et fourrait son museau sous son bras à la recherche de caresses.

Meg n'avait jamais été sur l'eau par une nuit aussi noire. Il lui fallut plusieurs minutes pour s'habituer à l'obscurité. Le bayou sinuait paresseusement devant eux entre deux rives sans forme. Les arbres tendaient vers eux leurs branches ténébreuses. Comme Wes dirigeait l'embarcation vers le milieu du courant, Meg distingua mieux les grands troncs dressant silencieusement leurs silhouettes torturées, tels des zombies figés devant les eaux sombres du bayou. De ces ténèbres végétales montaient les cris et les appels des bêtes nocturnes pour qui la chasse commençait. Meg se pelotonna craintivement. Doc ne lui avait-il pas parlé de nombreuses disparitions ? Ces cris n'étaient-ils pas ceux des âmes perdues réclamant justice ? Ou étaient-ce des avertissements lancés par les anciennes victimes de ce fou qui l'emmenait dans un canot vers une horrible mort...

Meg sentait son regard peser sur elle tandis qu'il dirigeait d'une main experte l'embarcation. Anna se doutait-elle de quelque chose quand l'accident s'était produit ? Peut-être était-ce un accident, après tout. Le canot avait pu heurter un obstacle dans l'eau et il s'était retourné, entraînant les deux passagers dans les profondeurs boueuses du bayou ? Wes était-il remonté le premier à la surface, cherchant frénétiquement sa sœur, plongeant et replongeant jusqu'à ce que ses forces le trahissent ?

Anna avait-elle pris la décision de mettre fin à ses jours ? Ou bien Wes avait-il répondu à la requête de la jeune fille désespérée en mettant lui-même fin à ses jours, maquillant ensuite ce « meurtre par amour » en accident ? C'était du moins ce que Doc avait laissé entendre. Mais, peu importaient les raisons que l'on pouvait avoir de tuer quelqu'un, il s'agissait bel et bien d'un meurtre ! Et maintenant Meg était assise à la même place que Anna, peut-être à ce même endroit du bayou où Wes et Anna se trouvaient au moment de l'accident. Anna avait-elle senti le regard de son frère sur elle ? S'était-elle demandé ce qu'il allait se passer ? Ce qu'il allait lui faire ? Elle devait se sentir si lasse, si faible...

Surgissant de l'ombre des grands arbres, la lune éclaira soudain le canot. Meg jeta un regard derrière elle. Wes ne disait rien. Alors qu'il se penchait en avant pour peser sur les avirons, elle vit l'éclat froid de la lame d'acier du couteau de chasse.

Allait-elle disparaître comme tant d'autres ?

Le temps s'éternisait, rendu plus lent par le mouvement lancinant de l'embarcation. Meg ferma les yeux et passa ses bras autour du cou de Beau. C'était un contact tellement rassurant, tellement doux...

« On arrive. »

La voix de Wes la surprit, et Meg releva la tête pour voir Wes se lever et poser le pied sur le bord du canot. Devant eux, une douce lumière brillait à travers les longues mousses qui pendaient des branches. Le canot tangua sous le poids de Wes.

Un appontement de bois se détacha dans l'obscurité. Une grosse lanterne pendait à l'un des pilotis.

Meg ne sut pas très bien ce qui se passa ensuite. Elle entendit Wes bouger dans son dos et vit son ombre terrifiante se dresser au-dessus d'elle, la jeune fille comprit alors qu'il lui fallait lutter pour sa vie. Elle se débattit, et sentit le canot pencher dangereusement à droite.

Elle n'eut même pas le temps de crier. La dernière chose qu'elle perçut avant d'être projetée dans le bayou, ce fut une voix lointaine qui appelait son nom.

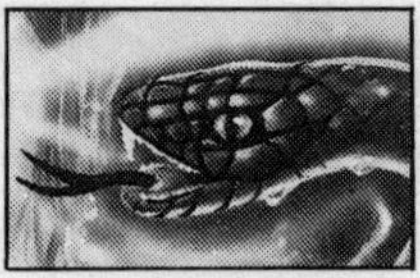

CHAPITRE 10

Il m'a tuée... Je suis morte, tout est si noir...

Elle flottait, suspendue dans le néant, et il régnait tout autour d'elle un calme rassurant qui l'entraînait à la dérive loin, loin, de plus en plus loin...

« Meg ! »

L'appel la fit tressaillir. Le choc ébranla ses muscles, la força à ouvrir la bouche, et une eau épaisse à la puissante odeur de vase la suffoqua. Elle se débattit, et sentit sa main se poser sur quelque chose de solide. La douleur s'empara d'elle. Elle toussa, s'étouffa et cracha un ignoble liquide.

« Arrêtez ! » ordonna la voix, et soudain des mains s'emparèrent d'elle, la tirèrent vers le réel.

« Arrêtez de vous débattre ! aboya de nouveau la voix. Je vous tiens, ça va aller ! »

Meg continua de se débattre jusqu'à ce qu'elle comprît qu'une paire de bras la tenait solidement. Alors seulement elle s'abandonna, complètement épuisée, tandis qu'elle était hissée sur la berge et allongée doucement, face contre terre. Des mains habiles lui appuyèrent sur le dos, puis relâchèrent pour appuyer de nouveau et ainsi de suite, jusqu'à ce que Meg vomisse toute l'eau du bayou qu'elle avait avalée.

Wes la retourna avec précaution, lui tenant la tête tandis qu'elle essayait de reprendre sa respiration. Quelque chose s'accrocha à son cou. Elle se redressa d'un bond en hurlant, et sa vision explosa en un million d'étoiles scintillantes.

« Doucement maintenant. » Wes la prit contre lui, il la souleva comme une plume et la porta vers une maison en bois. Beau les suivait, mais quand Wes atteignit le porche, le chien s'arrêta au bas des marches.

Wes batailla un instant avec le verrou puis il poussa la porte du genou. Prenant garde de ne pas cogner Meg en passant l'encadrement, il la porta dans un salon faiblement éclairé et la posa doucement sur un divan. Meg cligna les yeux à la lueur de la lampe. Elle avait tellement mal à la tête qu'elle ne distinguait rien d'autre dans la pièce que ce divan et cette lampe près d'elle. Il régnait dans la maison une odeur de crabes bouillis qui lui retourna l'estomac.

Wes alluma un ventilateur électrique, qu'il orienta vers le visage de Meg. Il faisait une chaleur étouffante, et pourtant elle tremblait de froid. Elle demanda une couverture, et le jeune homme quitta la pièce.

Pourquoi ne l'avait-il pas achevée ? Cela aurait été si facile de faire croire une fois de plus à un accident. Qui pourrait prétendre le contraire ? Wes aurait affirmé qu'elle avait coulé et disparu sans qu'il puisse intervenir. Quand sa mère appellerait, il lui répondrait que tante Belle était si mal que Meg n'avait pas pu quitter son chevet... Wes était en train de jouer avec elle, comme un chat avec sa proie. Il lui donnait un avant-goût de la mort, avant de la tuer. Doc avait raison. Wes était rusé, très rusé. Et Meg subirait avant de mourir la longue et douloureuse agonie qu'il avait dû également infliger à cette pauvre Anna...

Wes revint et il couvrit Meg avec la couverture. « Je veux rentrer à la maison ! » cria soudain Meg avec une force qui la surprit elle-même.

« Mais vous ne voulez pas attendre que votre mère appelle ?

— Quelle heure est-il ? Ne devait-elle pas appeler maintenant ? » Meg se sentait au bord de la crise de nerfs.

Wes l'observait attentivement. « Encore un quart d'heure environ, répondit-il. Comment va votre tête ?

— Ça va. » Meg prit une profonde inspiration. Elle ne devait pas perdre son self-control. Il ne devait plus la soupçonner d'avoir éventé ses plans.

« Moi, je ne suis pas de cet avis, dit Wes. Vous devriez peut-être consulter un docteur.

— Oui ! s'empressa d'approuver Meg. Appelez Doc et...

— Doc ? » Une lueur méfiante assombrit le regard de Wes. « Je croyais que vous ne l'aimiez pas.

— Oui, bien sûr, mais c'est lui, le plus proche, non ? marmonna Meg.

— Je préfère vous emmener à la ville plutôt que laisser Doc poser sa main sur vous », lança Wes d'un ton décidé.

Meg tourna la tête vers le dossier du divan. Elle lutta pour ne pas pleurer. Elle ne voulait pas rester ici. Elle ne *pouvait* pas !

« Oh, ma tête », gémit-elle. Refouler ses larmes aggravait son mal de crâne, mais elle ne voulait pas laisser voir à Wes combien elle avait peur. La douleur était presque insupportable. Elle serra les poings et sentit Wes s'asseoir à côté d'elle au bord du divan.

« Tenez, buvez ça, dit-il.

— Non ! cria Meg. Vous ne savez donc pas qu'il ne faut rien prendre quand on a reçu un coup sur la tête ?

— Faites-moi confiance, Meg. C'est l'un des remèdes maison d'Esther. Vous vous sentirez beaucoup mieux après.

— Non... non.. » Meg essaya de résister, mais elle était trop faible pour repousser le verre qu'il pressait contre ses lèvres. Un liquide étrangement agréable coula dans sa gorge et, quelques minutes plus tard, la pièce se mit à tournoyer dans un kaléidoscope noir et blanc.

J'ai été empoisonnée, se dit-elle dans une demi-inconscience, sentant vaguement que le garçon lui avait pris la main. *Il m'a empoisonnée... et il restera assis là, à m'observer jusqu'à ce qu'il soit sûr de ma mort...*

Meg parvint à rouvrir les yeux et le regarda, frappée de la tristesse qu'elle lisait sur son visage.

On dirait qu'il regrette, pensa-t-elle avant de perdre lentement et délicieusement conscience.

Elle flottait, portée par une brise d'été, comme une feuille solitaire ou un papillon volant au gré du vent. Elle était comme un nuage, léger et aérien, haut dans le ciel bleu, et il n'y avait plus aucun souci à se faire. Un espace infini s'étendait devant elle et en bas de verts pâturages luisaient sous le soleil. Le soir tombait, tirant de longues ombres derrière lui, et les étoiles déployaient leur filet d'argent dans la nuit sereine.

Meg battit des paupières. Elle ne bougea pas, savourant la paix qui imprégnait chaque parcelle de son corps. Elle se sentait merveilleusement détendue.

Puis elle se rappela où elle se trouvait.

Se dressant sur les coudes, Meg scruta l'obscurité et distingua une silhouette assise en face d'elle. « Wes ? murmura-t-elle timidement.

— Oui, je suis là. »

Elle sentit l'angoisse se réveiller. Il ne l'avait donc pas tuée. Qu'allait-il faire d'elle maintenant ?

« Quelle heure est-il ? demanda-t-elle.

— Onze heures passées.

— Onze heures ! J'ai manqué ma mère...

— Non, dit Wes d'une voix calme. Elle n'a pas appelé. »

Pas... appelé ! Alors c'était un piège ! Il avait menti, dans le seul but de l'attirer dehors, seule avec lui !

« Elle a peut-être oublié », hasarda Wes.

Meg secoua la tête. Tout était parfaitement clair, maintenant. « Non, cela ne lui ressemble pas.

— Mais n'était-elle pas en voyage ?

— Oui, mais elle aurait appelé si elle avait promis de le faire, dit Meg d'une voix tremblante. Etes-vous sûr que Doc a bien dit qu'elle appellerait ici ?

— Oui, j'en suis sûr, répondit Wes, légèrement surpris.

— Il n'aurait pas dit chez lui ? Vous n'avez peut-être pas compris...

— Non, il n'a rien dit de tel. » Le ton était cassant.

« Mais ce n'est pas son genre de...

— Ecoutez, dit Wes, agacé. Si vous êtes persuadée que je vous mens, pourquoi n'allez-vous pas le lui demander vous-même ?

— Oui ! s'exclama Meg, entrevoyant une issue. Je sais bien que vous ne mentez pas, Wes, mais je pourrais quand même le lui demander... juste au cas où il y aurait eu un malentendu. Pouvez-vous lui téléphoner tout de suite ? »

Elle se tut, hors d'haleine, et le regarda nerveusement. Il l'observait, muré dans un silence de pierre.

Voilà, c'est fait, pensa-t-elle. *Je viens de le pousser à bout, et cette fois il va me tuer sans hésiter...*

Il n'en fit rien.

« Il ne mettra jamais les pieds dans cette maison. » Wes tourna le dos à Meg. « Vous pouvez marcher ? demanda-t-il en allant vers la porte et en l'ouvrant en grand.

— Oui, je pense. » Son cœur battait très fort. Elle devait absolument sortir d'ici et saisir la moindre occasion de fausser compagnie à ce maniaque. Doc saurait quoi faire...

Meg s'arrêta brusquement en voyant Wes se diriger vers le bayou. « Où allez-vous ?

— Au canot.

— Ne pourrions-nous pas y aller en voiture ? Je veux dire que...

— Nous n'avons pas de voiture, lui rappela Wes. C'est marcher ou y aller en canot. Et dans votre état, vous ne ferez pas cent mètres sur la route.

— Est-ce loin ? » Meg tenait à faire le trajet à pied. La maison de Doc était peut-être proche...

« Environ deux kilomètres. »

Meg vit fondre son espoir. Elle ne pouvait rien faire d'autre que de monter dans le canot. Wes n'était pas bête au point de tenter deux fois dans la même nuit de la tuer. Doc ne lui avait-il pas dit que le garçon était intelligent... ?

Elle le suivit en silence jusqu'au canot.

Comme ils s'enfonçaient dans la nuit, elle s'agrippa des deux mains au siège étroit, terrifiée par le moindre bruit, le moindre mouvement. Le bayou entier semblait conspirer avec Wes et la guetter en se rapprochant insensiblement, prêt à la plonger dans l'éternité au moindre signe de Wes.

Il ment... il ne va pas dans la bonne direction... La maison de Doc ne se trouve pas par là... Comme il lui sera facile de dégainer son couteau et de m'abandonner aux eaux troubles du bayou...

Puis elle aperçut quelque chose à travers l'écran des branches.

Une grande maison, située loin de la berge, dont toutes les fenêtres étaient éteintes à l'exception d'une seule, au rez-de-chaussée, qui brillait d'une lumière jaunâtre.

« Son cabinet, dit tout bas Wes. Il doit être encore plongé dans ses bouquins de sorcellerie.

— Taisez-vous ! dit Meg. Ce n'est pas drôle !

— Ce n'était pas mon intention. » Wes rapprocha le canot de la berge et lui fit un ample geste du bras. « Après vous !

— Vous ne venez pas ? demanda Meg, hésitant.

— Non. Je n'ai rien à faire avec Doc ; surtout que vous allez sûrement lui demander protection contre moi. J'attendrai ici. Prenez votre temps. »

Meg se leva craintivement, ne sachant que faire. Wes savait ce qu'elle éprouvait à son égard, et il semblait en prendre son parti. Doc la protégerait, mais pour arriver jusqu'à lui elle devait traverser cette véritable jungle qui la séparait de la maison. Elle se mordit la lèvre et regarda Wes. Il lui tournait le dos. Il devait bien savoir qu'elle n'aurait jamais le courage de s'aventurer en pleine nuit dans les hautes herbes et les broussailles.

Eh bien, elle lui prouverait le contraire.

Il lui suffisait de descendre du canot et de courir jusqu'à cette porte là-bas. Elle dirait à Doc que Wes avait tenté de la tuer, et elle n'aurait plus rien à craindre.

« J'y vais », annonça Meg d'un ton décidé en posant le pied sur le bordage de l'embarcation.

Elle s'apprêtait à sauter sur la rive herbeuse quand soudain elle se figea de stupeur.

A travers les arbres lui parvenait le bruit lancinant d'un tambour... qui battait, rythmé, insistant, régulier comme une respiration... *sa* respiration ! C'était le bruit de son cœur, mais il venait de derrière les arbres, de derrière la maison, résonnant de plus en plus fort, et son cœur battait lui aussi de plus en plus fort... de plus en plus fort...

Elle porta les mains à sa poitrine.

« Meg, que se passe-t-il ? » Wes s'approcha d'elle en prenant garde de ne pas faire tanguer le canot.

« Je... je n'arrive plus... à respirer... »

Elle regardait, fascinée, le carré jaune lumineux tout au fond là-bas, et soudain elle le vit se transformer en une boule de lumières fonçant sur elle, à travers les branches et les fourrés, et l'enveloppant.

Meg essaya de la repousser. Elle hurla et eut l'impression que son sang se glaçait dans ses veines.

De la maison parvint alors un ricanement diabolique et, à travers la brume et la nuit, une voix murmura :

« Je sais que vous êtes là, Wes... mais prenez garde. Vous n'avez aucun pouvoir ici ! »

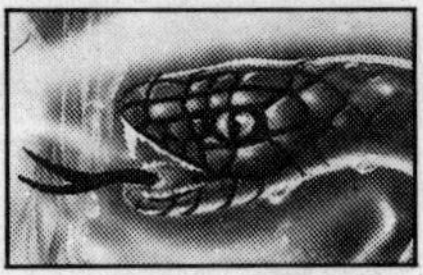

CHAPITRE 11

«Ça va ? »

Meg gisait dans le fond du canot. Wes était penché sur elle. Elle le regarda, l'air hébété. Le visage du jeune homme exprimait une vive inquiétude, et elle s'aperçut qu'elle avait toujours une main pressée sur sa poitrine.

« Que s'est-il passé ? demanda-t-elle d'une voix faible.

— Vous ne vous rappelez pas ? Vous avez affirmé ne plus pouvoir respirer, et puis vous êtes tombée... »

Meg l'interrompit brutalement. « Vous l'avez entendu ?

— Oui, je l'ai entendu, dit Wes d'une voix sourde.

— Et vous l'avez vue ?

— Vu quoi ?

— La lumière... elle est venue de la fenêtre droit sur moi...

— J'ai vu la fenêtre éclairée, dit Wes, mais de quoi parlez-vous ?

— Mais je n'ai pas rêvé ! Une boule de lumière a foncé sur moi, et puis ce bruit...

— Quel bruit ?

— Un bruit de tambour... comme un battement de cœur ! C'est le même bruit que j'ai entendu quand... » Ces impressions vagues, mystérieuses, laissées par ses cauchemars lui revinrent soudain. Cette pulsation lumineuse qui avait animé la photographie !

« Expliquez-vous ! »

Meg remarqua l'expression sceptique de Wes. « Rien, mentit-elle.

— Dites-moi.

— Non. Vous ne me croiriez pas. » Elle se sentait irritée, vidée de toute énergie.

« Meg, écoutez-moi. » Wes se pencha pour lui toucher le bras, et il secoua la tête de dépit comme elle s'écartait de lui. « Si nous ne nous faisons pas confiance, nous ne pourrons pas nous aider. Je ne sais pas pourquoi vous vous comportez si bizarrement envers moi, mais je parierais que Doc vous a raconté sur mon compte un beau paquet de mensonges. Est-ce que je me trompe ? Ne vous a-t-il rien dit à mon sujet ? »

Meg pinça les lèvres et ne répondit pas.

Le visage de Wes s'assombrit. « C'est bien ce que je pensais, dit-il. Et maintenant, après l'accident de tout à l'heure, vous êtes probablement persuadée que tout ce qu'il vous a dit n'est que pure vérité. Mais, croyez-moi, ce n'est la faute à personne, sinon la vôtre, si vous êtes tombée à l'eau. Et laissez-moi vous dire aussi que Doc n'est qu'un menteur et une diabolique canaille. Vous feriez mieux de me faire confiance avant qu'il soit trop tard.

— Trop tard pour quoi ? demanda Meg d'un ton de défi. Vous avez entendu ce qu'il vous a dit il y a un instant ?

— Oui, et cela devrait vous prouver qu'il n'est pas tout à fait comme les autres gens ! D'après vous, comment pouvait-il savoir que j'étais là, sur le bayou ? »

Meg hésita, perplexe. Puis elle eut un sourire triomphant. « Il doit avoir des jumelles ! »

Wes eut une moue dédaigneuse. « Des jumelles pour voir la nuit ? Allons, un peu de jugeote ! Le plus perfectionné des télescopes ne servirait à rien dans ce noir. Et regardez autour de vous. Il y a des arbres partout, une jungle impénétrable. Il ne pouvait pas nous voir. »

Meg se sentait prise dans un piège. Elle s'était si facilement persuadée que Doc la protégerait contre la folie de Wes. Les paroles du garçon étaient frappées au coin du bon sens, mais cela n'empêchait pas qu'il pouvait à certains moments perdre la raison. Doc avait été explicite sur ce point.

Alors pourquoi avait-elle tellement honte en voyant la déception et le dépit qu'exprimait le visage de Wes. S'il était sincère, elle l'avait certainement blessé en le soupçonnant injustement, et elle avait envie de lui exprimer tous ses regrets.

Malgré tout, il y avait eu cet accident. Et si Doc était déjà l'ennemi de Wes, il était normal que ce dernier mente tout aussi férocement au sujet de Doc et de ses pouvoirs, dans le but de rallier Meg à ses côtés.

Et pourquoi Wes n'avait-il pas vu la lumière ni entendu le tambour ? Il restait encore une troisième possibilité : c'était peut-être elle qui était en train de devenir folle...

« Je ne sais où j'en suis, dit-elle faiblement. Ramenez-moi chez tante Belle. »

Wes secoua la tête et empoigna les avirons. « D'accord. Si tel est votre désir. »

Le reste du voyage se fit en silence. Quand ils atteignirent enfin la maison, Wes la précéda jusqu'à la cuisine, où Esther les attendait avec impatience.

« Ah ! j'étais tellement inquiète ! » Elle étreignit Meg dans ses bras potelés et vit avec stupeur dans quel état la jeune fille se trouvait. « Mais que vous est-il arrivé, Wes ? » demanda-t-elle d'une voix blanche.

Wes eut un signe du menton en direction de la jeune fille. « Meg est tombée à l'eau quand nous avons accosté, devant le magasin. Elle n'a rien.

— Ce n'est pas ma faute si le canot a subitement chaviré ! » dit Meg, craignant de révéler ses soupçons.

Esther semblait inquiète. « Et votre mère ? Est-ce qu'elle va bien ?

— Elle n'a pas appelé », répondit Wes, en échangeant avec sa mère des regards perplexes.

Esther s'essuya nerveusement les mains à son tablier. « Elle devait être très occupée, et elle aura oublié, dit-elle d'un ton faussement rassurant. Je vais chercher mes affaires. »

Meg, en proie à un soudain découragement, gardait les yeux fixés sur le plancher. Elle tressaillit en sentant Wes la prendre par le coude et la tourner vers lui. Il avait une expression soucieuse.

« Avez-vous... » Il parut chercher ses mots, puis reprit en la regardant dans les yeux : « Avez-vous remarqué un changement en vous dernièrement ? Sur votre visage, par exemple ? »

Meg le regarda d'un air hébété. « De quoi parlez-vous ?

— Je vous demande si vous vous êtes regardée dans une glace ? Vous avez... changé.

— Comment ça, changé ? demanda-t-elle, au bord de la crise de nerfs.

— Oui, votre tête fait peine à voir. Vous n'êtes pas du tout comme lors de votre arrivée.

— Comment pouvez-vous me dire une chose pareille ? Pour qui vous prenez-vous ? »

Wes la fit pivoter sur elle-même de façon à la placer devant la fenêtre de la cuisine. L'étrangère qu'elle aperçut dans la vitre lui donna la chair de poule.

« Regardez-vous, siffla Wes entre ses dents, en la tenant solidement par les épaules. Vous voyez ces cernes sous les yeux, et cette pâleur. Vous avez maigri aussi.

— Lâchez-moi ! » Meg se dégagea, effrayée par ces paroles qui malheureusement étaient vraies. En eût-elle douté, son image dans la vitre était là pour l'en convaincre. « A quoi voulez-vous que je ressemble, après que vous avez tenté de me noyer ?

Meg regretta aussitôt. Le visage de Wes exprimait une stupeur si douloureuse qu'elle recula d'un pas.

« Vous ne me faites toujours pas confiance, dit-il d'une voix sourde. Vous pensez que j'ai volontairement fait chavirer le canot... »

Wes n'eut pas le temps de terminer sa phrase car Esther revenait dans la cuisine. Les mâchoires crispées, il ouvrit la porte de derrière et sortit dans la nuit.

A travers ses larmes Meg eut la vision de trois choses : Esther l'embrassant et lui disant au revoir, la porte se refermant et la coupant du monde et le reflet de son visage hagard et ruisselant de larmes dans la vitre.

CHAPITRE 12

Meg ne pouvait rien avaler. Elle repoussa les œufs brouillés dans son assiette et réprima un haut-le-cœur. C'était pourtant ce qu'elle avait toujours préféré au petit déjeuner. Et voilà qu'à présent elle ne pouvait voir les œufs brouillés sans être écœurée.

Le grondement du tonnerre la fit tressaillir. Le ciel s'était rapidement couvert depuis qu'elle s'était levée. Meg regarda la pendule pour s'assurer qu'elle n'avait pas encore sommeillé pendant qu'elle était à table. Elle se sentait si fatiguée, si lourde. Elle n'avait envie de penser à rien et ne désirait rien d'autre que dormir.

Meg entendit Doc entrer dans la cuisine, mais elle ne se retourna même pas pour le saluer. Elle contemplait fixement un gros moustique qui volait le long de la moustiquaire à la recherche d'un trou pour s'évader. L'air était si chaud et humide qu'on avait peine à respirer. Un silence inaccoutumé enveloppait le bayou, le jardin, la maison. Rien, pas même un souffle d'air, ne venait troubler ce silence de mort.

« Vous n'avez pas mangé, remarqua Doc.

— Je n'ai pas faim.

— Ne me dites pas que je vais devoir vous faire ces injections comme à tante Belle.

— C'est seulement un coup de fatigue.

— Avez-vous mal dormi ? »

Meg plissa le front. Il s'était passé quelque chose dans la nuit... une lueur... un battement de... quoi ? Son rêve de nouveau ? Ou le tambour et la boule de lumière chez Doc ?

Meg était sur le point de se rappeler quand elle fut prise soudain d'un trou de mémoire. Elle ne savait même plus ce qu'elle cherchait. « Non, je n'ai pas mal dormi », répondit-elle machinalement.

Doc referma sa trousse d'un air faussement détaché. « J'ai appris que vous aviez quitté la maison en compagnie de ce garçon, la nuit dernière. Je vous avais pourtant avertie.

— Comment vouliez-vous que j'aille au magasin d'Esther ? répliqua Meg. C'est même vous qui avez dit que ma mère appellerait. Et elle ne l'a pas fait. »

Meg préféra garder sous silence le fait qu'elle se trouvait avec Wes quand Doc avait crié au garçon de ne pas approcher de chez lui. Il était préférable de laisser le docteur reconnaître lui-même les faits.

« Moi ? » Doc haussa les sourcils. « Je n'ai jamais rien dit de tel. Votre mère ne m'a jamais appelé.

— Vous voulez dire que... » Meg le regarda, l'air abasourdie. Elle avait le cerveau trop embrumé pour réagir promptement. « Mais ils ont prétendu que...

— Qui ça, *eux* ?

— Wes et Esther.

— Encore un des tours du garçon. C'était une erreur d'y aller. Il aurait pu vous arriver n'importe quoi.

— Il s'est produit un accident », déclara Meg d'une voix affaiblie en tapant des mains sur la table.

Doc semblait presque satisfait. Il porta la main à sa pierre blanche. « C'est un avertissement. Si je n'arrive pas à vous en convaincre, alors que Dieu vous vienne en aide. »

Un grondement de tonnerre déchira le ciel, libérant une pluie torrentielle.

Doc s'arrêta à la porte. « Vous pourriez aller vous asseoir à côté de Belle pendant un moment. Je crois qu'elle apprécierait votre compagnie. »

Meg hocha la tête d'un air endormi. Elle remarqua à peine la porte se refermer derrière Doc et les gouttes de pluie qui brillaient sur le parquet.

Elle alla à la fenêtre et regarda dehors. Le vent se levait. Les arbres se balançaient et les longues mousses flottaient telles des chevelures grises accrochées aux squelettes des branches. Le ciel était couleur ardoise, bien que ce ne fût que l'après-midi, et le bayou bouillonnait sous le déluge, tel un chaudron de boue.

Meg soupira et se détourna de ce spectacle désolant. Elle alla d'un pas traînant jusqu'à l'escalier et gravit lentement les marches. Les photographies dans la pénombre reprenaient brusquement vie à chaque éclair illuminant la fenêtre du rez-de-chaussée. Meg s'arrêta devant chacun des portraits. Elle les contempla, examinant les traits et les ombres jouant sur tous ces beaux visages. Elle souhaitait leur ressembler, avoir ce sourire aussi doux, être jeune, insouciante et heureuse...

Mais, se dit-elle, décontenancée. *Je suis jeune et insouciante et heureuse... du moins l'étais-je quelques jours plus tôt.*

Ces visages recelaient de beaux secrets, se dit-elle. Ils savaient tout de la jeunesse et du désir d'être libre et pleine de vie, au lieu d'être enfermée dans une vieille maison en compagnie d'une vieille femme alitée. Ils savaient comment s'évader... comment retrouver la paix...

Meg sourit tandis qu'un nouvel éclair illuminait les photographies. Plus elle les regardait, plus elles lui paraissaient réelles. Elles prenaient à présent du relief. Le teint se colorait, les cheveux brillaient, les joues rosissaient. Et maintenant Meg sentait un parfum enivrant qui lui rappelait celui des...

La jeune fille fronça les sourcils, fouillant dans sa mémoire. Puis le souvenir lui revint. Bien sûr, ce parfum était celui des gardénias enivrants, envahissant ses nuits.

Meg pencha la tête, le cœur battant. Etait-ce son imagination ou bien avait-elle réellement entendu un rire enfantin et doux. Elle aurait aimé rire ainsi librement, avec insouciance.

Le rire emplissait sa tête, ruisselait sur tout son corps, la portait de plus en plus haut dans l'escalier, la guidant vers la chambre de tante Belle. Le bruit parut danser devant la porte et, comme par magie, celle-ci s'ouvrit. Meg se sentit entraînée vers le lit, où tante Belle l'attendait.

Belle avait de nouveau changé. Une nuit de plus avait suffi à effacer la presque totalité de ses rides, à épaissir ses cheveux qui tombaient soyeux sur les épaules. Les cernes sous les yeux avaient disparu. Le menton était plus ferme et l'ovale des joues plus délicat. Le rouge à lèvres et le fard n'avaient plus rien de grotesque.

Je dois probablement m'habituer à son maquillage, pensa Meg, en souriant tristement.

« Meg, murmura la voix légèrement tremblante. Voulez-vous rester un peu avec moi ? »

Meg se laissa choir dans le rocking-chair. Elle ferma les yeux. « Je suis si fatiguée, tante Belle.

— Je sais, répondit la voix, et il y eut l'écho lointain d'un rire. Je sais...

— Vous avez entendu ? marmonna Meg en s'agitant, mais sans rouvrir les yeux. Je n'arrête pas de l'entendre, ce rire. Pas vous, tante Belle ? »

Mais elle n'entendit jamais la réponse de tante Belle.

Elle venait de s'endormir.

*

* *

Un aboiement la réveilla.

Tout d'abord Meg crut rêver, mais à mesure que le monde réel envahissait lentement sa conscience, le bruit non seulement persistait mais encore s'amplifiait.

Beau ?

Meg se souleva sur les coudes. Elle avait l'impression de peser une tonne. Sa tête était aussi lourde qu'un bloc de ciment coincé entre ses épaules douloureuses. Elle n'avait pas envie de bouger ; elle ne désirait qu'une chose : dormir.

L'aboiement se fit plus insistant. On aurait dit que le chien était sous l'une des fenêtres de la chambre, et Meg se mit péniblement debout pour aller voir. Mais avant de descendre, elle passa voir tante Belle. Celle-ci dormait paisiblement, un doux sourire sur les lèvres. Dans quels souvenirs pouvait-elle être plongée, se demanda Meg. Retrouvait-elle dans ses rêves ses amants d'autrefois ? Sa beauté de jadis ? Elle avait l'air tellement heureuse que Meg se surprit à l'envier.

La pluie avait cessé, mais Meg savait que c'était seulement une accalmie. Comme le soir tombait sur le bayou, le ciel continuait de grisonner. De sourds grondements déchiraient de temps à autre les nuées, tandis que de brusques rafales de vent agitaient furieusement les frondaisons, comme une bête sauvage secouant sa proie inerte. Des branches brisées jonchaient le jardin, et une étrange lueur baignait le paysage, lui donnant l'aspect d'une...

D'une photographie, pensa Meg. *Une vieille photographie en noir et blanc.*

La jeune fille scruta le jardin, les buissons, le bayou, essayant d'apercevoir le chien. Elle l'avait entendu aboyer, mais l'animal restait invisible.

Et puis elle l'entendit de nouveau.

Cette fois le cri provenait de derrière la maison, et il semblait rempli de terreur.

Meg se hâta de descendre, en s'appuyant aux murs, pour ne pas tomber. Ses mouvements étaient désordonnés ; ses sens endormis ralentissaient sa marche.

Il faut que j'arrête de dormir, se dit-elle en traversant la cuisine d'un pas titubant. Elle savait pourtant que c'était impossible. Cette fatigue extrême échappait désormais à sa volonté.

Meg sortit sous le porche de derrière. Il faisait encore assez jour pour distinguer le jardin, mais les arbres projetaient déjà de grandes ombres alors qu'elle avançait en criant, les mains en porte-voix : « Beau, c'est toi ? Viens ici, mon chien ! »

Il y eut un autre aboiement. Du moins le crut-elle, car le bruit était trop faible pour situer exactement sa provenance.

Meg s'efforça de marcher plus vite, mais l'ombre grandissante entravait ses pas, et masquait les trous et les racines qui la faisaient trébucher. Elle continua d'appeler, luttant contre le vent, tendant désespérément l'oreille...

Ses pas la menèrent devant la forêt morte. Le vent s'y engouffrait, soulevant des sifflements furieux dans l'entrelacs de branches pétrifiées, mugissant sous la voûte des troncs noircis comme dans une profonde grotte. Oui, la forêt morte lui rappelait une grotte de mousse et de bois putréfié. Une grotte d'où on ne ressortait plus.

Un nouvel aboiement éclata soudain, comme vomi par les entrailles noirâtres du sous-bois. Meg sentit son sang se glacer. Cette fois c'était un long hurlement de douleur et de terreur.

« Beau ! » cria Meg. Sans réfléchir, elle s'élança dans la forêt et trouva le sentier s'enfonçant dans l'ombre épaisse. Les branches la giflaient au passage. Ses cheveux se prenaient dans d'invisibles griffes, mais elle continua d'avancer en appelant Beau, en le suppliant de lui répondre.

Meg trébucha et manqua tomber. Elle haletait. Elle sentit une piqûre au bras et une longue barbe de mousse s'enroula autour de son cou. Elle s'en débarrassa frénétiquement et reprit sa course en priant pour que le peu de lumière qui illuminait encore le ciel ne disparaisse pas en la laissant seule dans les ténèbres.

Une liane la retint par la taille et elle hurla en se raccrochant au tronc d'arbre. Meg avait les poumons en feu ; la sueur et les larmes lui brûlaient les yeux.

Si seulement il aboyait encore !

« Beau ! appela Meg. Je t'en prie, Beau. Où es-tu ? »

Et puis elle perçut un autre bruit.

Un bruit différent.

Un long sifflement...

Meg avait du mal à avancer à travers les branches mortes et les lianes et elle manqua marcher dessus.

Son pied heurta quelque chose et elle baissa les yeux. Là, devant elle, le chien gisait, recouvert par une masse grouillante de mocassins qui sifflaient furieusement.

Elle hurla et tomba en arrière, agrippant la première branche venue, remarquant trop tard le mouvement silencieux et furtif tout près de son visage.

Elle vit le serpent se dresser au-dessus d'elle, la gueule ouverte, monstrueuse tache blanche cotonneuse qui s'apprêtait à la frapper.

Le reptile attaqua. Meg eut une vision floue de ce corps de liane s'abattant sur elle, et perdit conscience en poussant un dernier cri.

CHAPITRE 13

«Ne parlez pas. Restez tranquille.»

Meg rouvrit des yeux brillants de panique, et porta la main à son cou pour se protéger d'un serpent invisible. Wes la tenait par les mains et, soudain, elle céda au désespoir. La solitude, la peur et la confusion de ces derniers jours la firent éclater en sanglots.

« Tout va bien, Meg. Je suis là. » Wes la prit dans ses bras et la berça comme une gosse perdue en mal de réconfort.

« Beau ! » s'écria Meg entre deux sanglots, se raidissant au souvenir horrible de cette masse grouillante de serpents sur le pauvre chien.

« Je sais. » Wes lui caressa les cheveux. « Je sais, répéta-t-il, avec une infinie douleur dans la voix.

— Et... et le serpent ! Il m'a mordue ! Est-ce que je vais mourir ? » demanda-t-elle d'une voix tremblante.

Wes pressa son visage contre ses cheveux. « Chut... il ne vous a pas mordue. Je l'ai tué.

— Vous... » Les sanglots de Meg se calmèrent tandis qu'elle s'efforçait de reprendre haleine. Elle leva timidement les yeux vers le garçon. « Vous l'avez tué ?

— Avec ça. » Il désigna la table sur laquelle était posé son couteau de chasse maculé d'un sang noir. « J'étais à la recherche de Beau quand je vous ai entendue crier. Vous vous êtes évanouie, et je vous ai emmenée ici. »

Pour la première fois Meg reconnut le lieu où elle se trouvait : le petit salon d'Esther où elle avait attendu en vain l'appel téléphonique de sa mère. Elle fut alors prise de frissons et s'écarta vivement de Wes. « Vous mentez. Vous avez essayé de me tuer. » Elle ne se souciait plus de lui dévoiler ses soupçons. Il pouvait faire ce que bon lui semblait. Elle était lasse de lutter.

Wes soupira. « Est-ce vraiment ce que vous pensez ?

— Et que pourrais-je penser d'autre ? Pourquoi m'avez-vous amenée ici ? Pourquoi ne sommes-nous pas chez tante Belle ?

— Meg, écoutez-moi. » Wes la secoua doucement. « Il se passe chez votre tante des choses diaboliques et nous ferions mieux de découvrir leur nature avant que cela vous détruise !

— Me détruise ? De quoi parlez-vous à la fin ?

— Tenez, dit-il en prenant sur la table un miroir à main d'un air grave. Regardez-vous là-dedans, et vous comprendrez. »

Meg prit lentement le miroir et l'éleva devant elle.

Ce qu'elle y vit lui fit écarquiller les yeux de stupeur.

« Oh, mon Dieu ! s'écria-t-elle. Wes ! mais que m'arrive-t-il ? Je vous en prie, dites-le-moi ! »

Le visage qui se reflétait était celui d'une étrangère, et cependant il lui était familier — un visage fatigué, aux yeux éteints, aux joues tirées et sillonnées de fines rides. C'était le visage d'une Meg beaucoup plus âgée, d'une Meg dont la vie s'échappait déjà...

« Je n'arrive pas à y croire ! hurla-t-elle. C'est encore un horrible tour de votre invention ! »

Elle lui lança le miroir à la tête. Wes esquiva le projectile qui alla s'écraser en mille morceaux contre le mur opposé.

« Meg ! Meg, écoutez-moi ! » Wes lui prit les mains et les leva de force à hauteur de ses yeux pour qu'elle pût voir le fin réseau de veines bleues saillant sous la peau étrangement diaphane, les doigts amaigris, les ongles sans couleur. Sa peau était froide comme du marbre.

Meg cria de nouveau en essayant de se dégager. « Ne me regardez pas comme ça ! Assassin !

— Meg ! » L'instant d'après la jeune fille se retrouva allongée sur le divan, Wes se pencha sur elle. « Meg, il faut me croire », dit-il avec douceur en tendant la main pour lui caresser la joue.

Elle s'écarta violemment.

« Meg, vous êtes victime d'une entreprise diabolique, mais je n'en suis pas l'auteur. Vous devez me croire. Sinon nous ne pourrons jamais vous sauver. Ce... ce qui vous arrive est, j'en suis sûr, l'œuvre de Doc.

— Qu'en savez-vous ? s'écria Meg. Comment pouvez-vous affirmer cela ?

— Parce qu'il est arrivé la même chose à Anna », dit-il en baissant les yeux.

Meg ouvrit de grands yeux, le visage de Wes prit une expression inquiète. « Je vous en prie, Meg. Vous devez m'aider. Faites-moi confiance, je vous en supplie. »

Wes la regarda d'un air implorant, et Meg se couvrit le visage de ses mains. Il y avait de la compassion dans le regard du jeune homme, mais était-il sincère ? Pouvait-elle le croire ?

« Alors cela veut dire que je vais mourir, dit-elle, bouleversée. Co... comment pouvez-vous rester là... à m'observer comme une bête curieuse ?

— Oh, Meg, ce que je vois, ce n'est pas la vraie Meg. La vraie Meg est en vous, et c'est d'elle dont je me soucie, pas de son apparence. »

Un lourd silence tomba pendant plusieurs minutes. Un chagrin insupportable serrait le cœur de la jeune fille et, tandis qu'elle s'abandonnait aux pleurs, ses dernières résistances lâchèrent. « Je veux... je veux bien vous croire, gémit-elle enfin.

— Oui, faites-moi confiance.

— Oh, Wes, je ne veux pas mourir !

— Vous ne mourrez pas... je vous aiderai.

— Mais vous n'avez pas pu aider Anna !

— Je ne savais pas ce qui lui arrivait. Mais je peux vous aider. Je vous en prie, Meg, ayez confiance en moi. »

Elle se sentait si fatiguée. Fatiguée et honteuse. N'avait-elle pas mis en doute la sincérité de Wes sur de simples apparences, et il était là, assis à côté d'elle, la couvrant d'un regard protecteur, alors qu'elle avait pris l'aspect d'une vieille femme. Elle se cacha le visage dans ses mains.

« Je ne comprends pas, dit-elle. Ce n'est pas possible... je dois être folle.

— Non. Regardez-moi, Meg. Je peux éteindre la lumière, si vous préférez. »

Elle hocha la tête et écarta lentement les mains de son visage. Wes était debout devant la table, occupé à essuyer le couteau avec un chiffon. « Où est Esther ? demanda Meg.

— Elle est partie faire des courses. Elle sera de retour dans une heure environ.

— Mais je ne peux pas rester ici. Tante Belle...

— Oui, tante Belle, répéta avec colère Wes. Croyez-moi, votre tante Belle peut très bien se débrouiller sans votre aide.

— Non, Wes. Elle est encore faible. Elle a besoin de moi.

— Oui, répliqua-t-il amèrement. Elle a besoin de vous, et beaucoup plus que vous ne pensez.

— Que voulez-vous dire ?

— J'aurais dû comprendre plus tôt, dit-il, parce que c'est exactement comme ça que c'est arrivé...

— Wes, je vous en prie, expliquez-vous !

— Dites-moi la vérité, Meg. N'avez-vous rien remarqué d'étrange dans la maison depuis votre arrivée ? »

Elle hésita, puis fondit de nouveau en larmes tandis que les horribles souvenirs de ces derniers jours lui revenaient en mémoire. « Je ne pouvais le dire à personne... je pensais que c'était moi, qui imaginais des choses, balbutia-t-elle. Je croyais être folle, et Doc accusait la chaleur. Vous passiez pour un garçon dérangé, et je ne pouvais pas vous faire confiance... Personne ne m'aurait crue... J'ai eu tellement peur ! »

Wes vint se rasseoir à côté d'elle et il la prit dans ses bras, la laissant achever son récit. Meg lui raconta tout ce dont elle avait été témoin : la silhouette à la fenêtre de la chambre de Belle : les photographies, le rire, la coupure au doigt et le sang gouttant sur l'un des portraits provoquant une incroyable transformation de la photo. Elle lui raconta aussi la lueur et le battement de cœur dans la nuit, ainsi que toutes les mises en garde de Doc à son sujet.

« C'est la raison pour laquelle j'avais peur de vous. Doc me disait que vous étiez fou... que vous étiez un tueur. Aussi quand maman n'a pas appelé cette nuit-là, j'ai pensé que vous me tendiez un piège, et puis il y a eu cet accident de canot...

— Oui, je comprends, dit Wes en lui caressant le dos. Mais ne comprenez-vous pas son manège ? Je parie que votre mère ne l'a jamais appelé. Il m'a demandé de vous avertir sachant bien que les soupçons retomberaient sur moi si votre mère n'appelait pas.

— Mais pourquoi agit-il ainsi ? demanda Meg.

— Parce qu'il sait que je l'ai à l'œil, et il veut se débarrasser de moi, dit Wes d'une voix dure. Quand avez-vous commencé à vous sentir mal ? »

Meg lui parla de sa fatigue permanente et de son manque d'appétit, admettant qu'elle avait elle-même remarqué un changement dans son aspect.

« Mais je n'étais pas dans cet état quand je me suis levée aujourd'hui ! insista-t-elle. Vous me croyez, n'est-ce pas ?

— Et tante Belle, comment est-elle ?

— Oh, c'est un véritable miracle. Elle va mieux de jour en jour. Elle a même incroyablement rajeuni !

— C'est exactement ce qu'Anna disait. Qu'elle rajeunissait pratiquement chaque nuit. Ma sœur, elle, allait de plus en plus mal.

— Comment cela ?

— Attendez, je veux vous montrer quelque chose. » Wes se leva pour aller fouiller dans un tiroir de la table. Il lui tendit une photographie.

Meg examina le cliché, bouche bée. « Oh, mon Dieu ! gémit-elle.

— Oui, dit-il, amer. Comme vous. Mais en pire. Une vieille femme. »

Meg ne pouvait détacher les yeux de cette silhouette frêle assise sur les marches du perron, devant la maison d'Esther. Si elle n'avait pas su que cette photographie représentait Anna, elle n'aurait jamais pensé qu'un visage aussi vieilli pût appartenir à une jeune fille de seize ans. Un visage tavelé, ridé, des mains noueuses, des cheveux blancs.

Meg regarda ses mains. Elles n'étaient pas encore déformées. Elle se tourna vers une petite glace derrière elle pour examiner ses cheveux. Ils étaient toujours châtains, mais elle remarqua avec stupeur quelques reflets gris.

Meg reporta son attention sur la photo.

« Quand a-t-elle été prise ?

— La veille de sa disparition. Anna était tellement fatiguée. Elle ne voulait qu'une chose : dormir. Et chaque fois qu'elle s'éveillait, elle était un peu plus vieille, un peu plus faible... » Il se tut, fixant le parquet d'un regard sombre.

« Pourquoi se trouvait-elle chez tante Belle ? demanda Meg, émue par la peine du jeune homme.

— Elle s'occupait de votre tante, qui avait eu une attaque », répondit-il en la regardant dans les yeux.

Le sang de Meg se figea. Elle serra plus fort la photo entre ses doigts.

« C'est Doc qui a tout arrangé, soupira Wes. Tante Belle détestait les gens, et Doc était le seul dans toute la région avec lequel elle gardait un contact. Mais Doc ne pouvait rester auprès d'elle jour et nuit, et tante Belle accepta de prendre Anna avec elle pendant le temps de sa convalescence. Anna avait besoin d'argent — elle avait toujours rêvé de partir un jour à la ville pour y faire des études — et Doc disait qu'Anna serait le meilleur des remèdes pour tante Belle. Nous n'avions jamais rencontré Belle, mais Esther avait confiance en Doc, et elle laissa Anna y aller. »

Un silence tendu et lourd pesa pendant un moment entre eux.

« Je savais qu'il s'était passé quelque chose là-bas, reprit avec colère Wes. Mais je n'avais aucune preuve. Je savais que Doc était derrière tout ça. Il n'a pas levé le petit doigt pour sauver Anna. Je suis certain qu'il l'a envoûtée ou Dieu sait quoi et l'a tuée. »

Meg fut soudain saisie d'une irrésistible envie de rire. Tout cela lui paraissait tellement incroyable. « Mais ce n'est pas possible... »

Wes se tourna brusquement vers elle. « Vous vous êtes vue dans le miroir, non ? Vous croyez cela possible ? C'est Doc qui vous a fait ça, tout comme il l'a fait à Anna. Il faut l'arrêter avant qu'il soit trop tard. Depuis combien de jours êtes-vous ici ? »

Meg réfléchit un instant. Elle avait l'impression d'être là depuis une éternité, et cependant elle savait que ça ne faisait que quelques jours. « Quatre jours, répondit-elle.

— Anna était chez tante Belle depuis trois semaines quand elle a disparu. Ce jour-là, elle est venue ici chercher quelques affaires et je l'ai raccompagnée. Je l'ai laissée sur l'appontement de tante Belle. Elle m'a fait un signe de la main pour me dire au revoir. Je ne l'ai plus jamais revue en vie.

— Doc dit qu'on a retrouvé son corps dans le bayou. »

Wes hocha la tête. « Oui, trois jours plus tard. Il ne mentait pas en vous disant que j'étais rentré seul ce jour-là. Mais il n'y a pas eu d'accident. Personne ne sait ce qui s'est passé. Anna était une très bonne nageuse, et elle connaissait ces bayous. Mais elle était si faible... elle n'aurait pas eu la force de nager dans son état...

— Je suis navrée pour vous, dit faiblement Meg.

— Mais Doc ne vous a pas raconté le reste de l'histoire ? » Sa voix était chargée de colère et de rancune. « Il ne vous a pas dit dans quel état était son corps quand on l'a finalement hissé sur la berge ? Il ne vous a pas dit qu'il était couvert de morsures de serpents et tellement enflé, défiguré qu'on ne pouvait même plus...

— Wes, non ! » Cette fois, ce fut Meg qui le prit dans ses bras. Elle le sentit qui s'efforçait de dominer la rage douloureuse qui s'était emparée de lui à l'évocation de la fin tragique d'Anna.

Mais l'image était si horrible que Meg ferma les yeux appuyant son front contre le dos de Wes. Anna et Beau ! Elle souhaita que tout cela ne fût qu'un cauchemar. Elle allait se réveiller dans la douceur rassurante de leur petit appartement, à La Nouvelle-Orléans.

« Tante Belle n'a jamais cherché à nous voir après la mort d'Anna. » Wes se frotta les yeux d'un air las. « Doc nous a simplement dit que Belle était très éprouvée par sa disparition. Mais il y avait une femme avec Doc à l'enterrement. Ils se tenaient tous deux à l'écart, et elle avait la tête recouverte d'un voile noir. C'était peut-être tante Belle, mais je n'en suis pas sûr. »

Meg hocha machinalement la tête, ne sachant que dire.

« Avez-vous jamais entendu tante Belle et Doc parler ensemble quand vous étiez là-bas ? demanda Wes d'une voix plus calme.

— Non, Doc fermait toujours la porte à clé. » Meg porta une main hésitante à son visage. « Wes, à votre avis, y a-t-il de l'espoir ? Pourrai-je guérir ? Je ne veux pas mourir, ni avoir l'air d'une vieille femme à vingt ans. Oh, Wes, je n'arrive pas à y croire, c'est tellement horrible.

— Vous le croirez quand je vous aurai montré quelque chose, dit-il d'un ton grave et solennel. Vous sentez-vous en état de marcher ?

— Oui, mais...

— Nous allons retourner chez tante Belle, et je vous prouverai qu'il se passe là-bas des choses absolument diaboliques. »

Meg garda la tête baissée tandis que Wes l'entraînait avec lui jusqu'à l'appontement et l'aidait à monter dans le canot. Pendant un long moment ils restèrent silencieux. Le bayou frissonnait autour d'eux. Des éclairs zébraient le ciel d'encre et le tonnerre grondait à l'horizon.

Quand ils accostèrent, Wes lui prit la main et, après avoir jeté nerveusement un regard vers la maison, il se dirigea vers la forêt morte.

« Non, Wes ! Je ne pourrai jamais retourner là-dedans !

— Il le faut. Vous devez voir par vous-même...

— Non ! je n'irai pas ! » Le souvenir horrible de Beau la hantait, et elle ne se sentait pas la force de faire un pas dans cette forêt. « Pas après ce qui s'est passé !

— Il ne vous arrivera rien. » Il glissa un bras protecteur autour de sa taille. « Je veillerai sur vous. Je vous le promets.

— Mais les serpents...

— Ils ne nous feront aucun mal, si nous ne leur marchons pas dessus. Ecoutez-moi, Meg. Je sais où ils sont, et surtout pourquoi ils sont là !

— Pourquoi ils sont là ? répéta Meg, désorientée.

— Venez, je vais vous montrer. C'est Beau qui a fait cette découverte, et il m'a probablement sauvé la vie.

— Je ne comprends pas.

— Il y a dans cette forêt quelque chose qu'on tient visiblement à garder secret. Et on s'est assuré qu'aucun curieux ne puisse en revenir vivant.

— Vous voulez dire que...

— Que ces serpents ont été placés là à dessein. Si vous ne connaissez pas ces bois, vous n'avez aucun moyen de les éviter. Ce sentier vous mène droit sur eux. J'étais venu avec des provisions quand Beau a entendu quelque chose. Il a sauté du canot, et je suis parti à sa recherche. Juste au moment où je m'approchais de ce coin de forêt, j'ai aperçu quelqu'un. Je n'ai malheureusement pas pu distinguer son visage dans cette pénombre. » Une expression peinée voila son regard. « Beau a grandi dans les bayous. Il en connaissait tous les recoins et aussi les pièges.

— Et vous pensez que quelqu'un a installé ce nid de serpents pour décourager les curieux ?

— Pas pour les décourager, pour les détruire. Et je suis à peu près certain qu'il s'agit de Doc. Beau n'avait aucune chance de s'en tirer. Venez, je vais vous montrer.

— Mais si ce sentier mène tout droit aux...

— Oui, mais nous nous en écarterons le moment venu. »

Meg tremblait si fort qu'elle pouvait à peine marcher. Wes ouvrant le chemin, ils s'enfoncèrent dans la forêt morte. Le garçon alluma sa torche électrique, promenant le faisceau de droite à gauche devant eux. Des branches noueuses leur barraient le passage, les longues mousses s'accrochaient à leur bras comme des algues.

« Restez près de moi », ordonna Wes. Meg se pressa derrière lui persuadée qu'il devait entendre son cœur battre.

Les criquets stridulaient comme des scies mécaniques dans l'obscurité, tandis que d'invisibles guetteurs épiaient leurs mouvements de branche en branche. Un grondement de tonnerre ébranla le bayou, et une brume à l'odeur de vase envahit lentement le sous-bois.

Meg savait qu'elle ne pourrait tenir une minute de plus. Le moindre mouvement, le moindre bruit la faisaient tressaillir. Elle se retenait pour ne pas hurler.

Wes s'arrêta.

Lentement, il contourna le sentier, entraînant Meg avec lui. La jeune fille ne tarda pas à découvrir la raison de ce détour.

Au premier regard le sentier à cet endroit paraissait couvert d'un entrelacs de lianes. Mais dans le bref éclat du faisceau de la torche, Meg vit bouger l'une de ces lianes, puis une autre et une autre, comme si elles s'agitaient soudain sous l'effet d'une invisible brise. Meg comprit enfin que ce n'étaient pas des lianes, mais des serpents ! Vingt... trente... impossible de le dire, ce n'était qu'une masse grouillante de corps entrelacés, un puits de corps sombres et mouvants d'où surgissait de temps à autre la tache blanche d'une gueule cotonneuse armée de dents au venin mortel.

Meg pressa son poing contre sa bouche pour retenir le cri qui montait en elle. Elle n'osait pas faire de bruit. Elle devait faire confiance à Wes.

Ils étaient maintenant dans une petite clairière de quelques mètres de large, entourée d'arbres. Les troncs et les branches qui se dressaient tout autour d'eux formaient comme une alcôve avec les mousses grises pendant de tous côtés tels de longs voiles fantomatiques. Il y régnait un silence si parfait que Meg retint son souffle. Elle avait le sentiment d'avoir pénétré dans quelque lieu sacré, comme une chapelle oubliée dans un cimetière en ruine.

Et puis elle aperçut, au milieu de la clairière, là où le sentier s'achevait abruptement, une tombe semblable à celles qu'elle avait pu voir à La Nouvelle-Orléans dans l'ancien cimetière français. Des monuments funéraires en granit ou en marbre étaient au-dessus du sol pour y recevoir le cercueil car la majeure partie de la région était située au-dessous du niveau de la mer et le sol détrempé interdisait toute excavation. Mais cette tombe ne ressemblait pas à celles bien tenues et fleuries qu'elle avait eu l'occasion de visiter avec sa mère en ville. Cette tombe était en ruine, de guingois, comme une barque échouée sur une grève, et recouverte de lianes...

Et de serpents.

Certains demeuraient enroulés sur eux-mêmes, d'autres dressaient leurs têtes brunes à l'approche des intrus. D'autres encore pendaient comme de grosses cordes à la croix surmontant la stèle...

A la lueur de la torche, cette horrible scène rappelait à Meg les films d'épouvante qu'il lui était arrivé de voir. A cette différence près qu'il ne s'agissait pas de cinéma.

« Venez », murmura Wes.

Avant que Meg eût le temps de protester, il l'attira contre lui et dirigea le faisceau de sa torche sur la tombe, forçant les serpents à reculer. Il y avait une ouverture de forme rectangulaire à l'une des extrémités de la tombe, par laquelle on introduisait le cercueil. Celle-ci avait cependant une particularité troublante : elle n'était pas scellée !

« Non, Wes... » protesta Meg tandis que le garçon l'invitait à se pencher et à regarder la cavité que baignait d'une pâle lueur le faisceau de la torche. Meg vit que la tombe était vide, il n'y avait pas de cercueil, pas même un coffret de cendres. Rien, si ce n'était un autre nid de serpents sifflant rageusement d'être dérangés dans leur pénombre éternelle.

Meg sentit Wes la tirer par le coude et, se redressant, elle suivit la main désignant la simple plaque de bois posée contre la stèle. Le temps, l'humidité et les vers n'avaient pas encore effacé l'inscription mortuaire qui y était gravée. Un éclair illumina le ciel au-dessus d'eux, et Meg lut avec stupeur le nom de la défunte.

« Belle Monroe », murmura-t-elle, sentant ses genoux fléchir.

Wes hocha la tête. « Oui, elle est morte il y a vingt ans. »

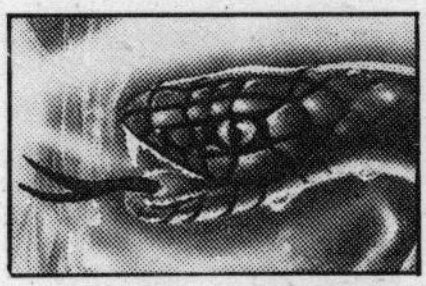

CHAPITRE 14

« Qu'allons-nous faire ? demanda Meg d'une voix haletante.

— Filer d'ici en vitesse. Venez. »

Suivant aveuglément Wes, Meg s'efforça de ne pas hurler. Ce qu'elle venait de voir échappait à son entendement et la terrifiait.

Ils se mirent à courir à travers les bois envahis de brume, à travers le pire des cauchemars, courant vers le canot...

Il avait disparu !

Wes se figea, jurant tout bas.

Une brindille cassa derrière eux avec un bruit sec, et ils firent volte-face.

« Vous partez déjà ? » Un sourire sardonique éclairait le visage de Doc. « Je ne vous laisserai jamais vous en aller par cette nuit d'orage. » Il porta la main à la pierre blanche au bout de sa chaîne et la caressa d'un air absent. « Si jamais il vous arrivait malheur, je ne me le pardonnerais pas, et Belle non plus. »

Alors que Meg cherchait désespérément une issue de secours, elle étouffa un cri de terreur. Là-bas, derrière la fenêtre de la chambre de Belle, se dessinait la silhouette de celle qui l'épiait, l'attendait.

Remarquant son expression, Doc jeta un bref regard vers la maison, et son sourire s'agrandit. « Oui, elle vous attend, mademoiselle Daton. Comme elle vous a attendue dès le premier jour où vous avez mis les pieds ici. »

Wes se déplaça légèrement, et Doc leva le bras. Pour la première fois ils remarquèrent le pistolet.

« Pas de magie, cette fois, docteur ? » le défia Wes.

Le regard de Doc se durcit. « Vous n'avez pas encore été témoin de mes pouvoirs, ou plutôt vous ne les avez pas encore subis. Maintenant, vous allez payer pour votre stupidité. » Il leur fit un signe de son pistolet. « Rentrons, voulez-vous ? Je crains en effet qu'il ne se mette à pleuvoir. »

Ils se dirigèrent en silence vers la maison, sachant que toute tentative de fuir était pour le moment condamnée à l'échec. Doc les surveillait attentivement, et il n'hésiterait pas à faire feu. Comme ils entraient dans le vestibule, Meg agrippa le bras de Wes.

Le rire !

Il venait de l'étage. Meg savait avant même de monter l'escalier que les portraits lui paraîtraient encore plus réels que la dernière fois qu'elle les avait vus. Leurs sourires seraient plus doux et mystérieux que jamais, car c'était d'elle qu'ils se moquaient.

« Il semble, Belle, dit d'une voix suave Doc en poussant la porte et en leur faisant signe d'entrer, que Mlle Daton envisageait de nous fausser compagnie. Et ce jeune homme était tout disposé à l'aider. »

Le lit était vide. La pièce était envahie d'ombres adoucies par la faible lumière de la lampe de chevet. Les fenêtres étaient ouvertes et l'orage grondait, menaçant d'envahir la pièce, tandis que le vent repoussait les rideaux à l'intérieur, telles de longues mains blanches.

Près de l'une des fenêtres une ombre se déplaça soudain, et la lueur de la lampe éclaira un visage humain.

« J'ai besoin de vous, Meg, dit doucement la silhouette drapée de noir. Sans vous le cycle ne saurait être complet. »

En voyant la silhouette glisser silencieusement vers le centre de la pièce, Meg crut qu'elle allait s'évanouir.

C'était bien la silhouette entr'aperçue à la fenêtre le premier jour. Mais c'était surtout le visage des portraits qui décoraient le mur de l'escalier, ce visage qui souriait, heureux de sa jeunesse et de sa beauté.

Car ce que Meg avait devant elle, c'était une jeune fille. Une jeune fille de seize ans.

Seule la chevelure épaisse tombant sur les graciles épaules était encore teintée de blanc, contrastant grotesquement avec le teint radieux, les lèvres pleines, le col de dentelle qui faisait ressortir la grâce élancée du cou.

« Les cheveux changent toujours en dernier, dit suavement tante Belle. Les cheveux et la liberté des mouvements. Vous êtes beaucoup plus forte que ne l'était Anna. Mais vos muscles finiront par vous lâcher, et vous tomberez, pour ne plus vous relever.

— Arrêtez ! cria Meg, la vue brouillée par les larmes. Pourquoi me faites-vous cela ? Quel mal vous ai-je causé ?

— Mais le plus grand, Meg ! » répondit tante Belle en allant à la fenêtre dans un froufroutement. Et Meg se rappela ce bruit de froissement qui l'avait réveillée une nuit et elle comprit pourquoi elle avait trouvé la porte de Belle ouverte... « Oui, Meg, vous m'avez fait le plus grand mal, reprit tante Belle en se retournant vers elle d'un mouvement rageur. *Vous étiez jeune !* »

Tandis que Meg ouvrait de grands yeux horrifiés, Belle avança à pas lents vers elle en détachant ses mots.

« Vous aviez tout, et vous ne le saviez pas. C'est toujours comme ça ! Ces jeunes filles, avec leur beauté et leurs rêves dorés, ne savent pas ce que moi je sais. Elles ignorent ce que c'est que d'avoir la jeunesse et de la perdre pour toujours. Je leur ai fait une faveur, voyez-vous, en abrégeant leur existence. Je leur ai épargné des années d'agonie à voir leurs visages s'affaisser et se rider de jour en jour, à sentir leurs forces les abandonner doucement, leurs esprits devenir sans cesse plus confus, leur mémoire se perdre... »

Wes attira Meg contre lui tandis que la silhouette au visage si charmant se rapprochait d'elle.

« Vous verrez, Meg. Une délicieuse langueur s'emparera de vous, et vous ne souhaiterez plus faire le moindre mouvement. Votre force, je l'aurai absorbée dans mes veines, avec votre douce énergie, parcelle par parcelle, cellule après cellule. Vous aurez bientôt l'envie irrésistible de vous endormir et de ne plus vous réveiller. Anna n'a pas résisté. Elle avait envie de mourir à la fin...

— C'est vous qui l'avez assassinée ! cria Wes, les yeux flamboyants de colère. Vous et Doc !

— Peut-être, mais sans douleur, susurra tante Belle en caressant la peau satinée de ses bras nus. Elle s'asseyait près de moi, comme Meg. Et pendant qu'elle dormait, j'absorbais sa vitalité, son esprit ! J'étais partout autour d'elle. Elle ne pouvait m'échapper. Mes portraits aussi lui prenaient son énergie chaque fois qu'elle passait devant. Et tout comme Meg, elle gardait une photographie de moi dans sa chambre... Je deviens de plus en plus forte, de plus en plus jeune, et je vous épargne, comme à Anna, le désespoir de vieillir... »

Doc, appuyé nonchalamment contre le mur mais l'œil fixé sur Wes, caressa sa pierre blanche en hochant la tête.

« Oui, le désespoir de voir votre visage se faner, reprit Belle. De voir votre vue baisser, si bien que vous ne savez plus si ce que vous voyez est vrai ou si c'est un produit de votre imagination sénile. Puis les rides s'amoncellent, rampant sur vous comme la mousse sur les arbres, vos dents tombent et votre haleine devient putride...

— Arrêtez ! cria Meg en enfouissant son visage dans ses mains. Arrêtez !

— Je peux l'arrêter, dit Doc de son ton suave, en tenant fermement le pistolet dans sa main. L'éternelle jeunesse en échange de votre âme — un bien petit prix à payer pour un tel bonheur. »

Wes hocha la tête. Les pièces du puzzle étaient enfin assemblées. « C'est ce que vous avez proposé à Anna. Et comme elle a refusé, vous le lui avez fait payer de sa vie.

— C'est elle qui l'a voulu ainsi, dit Doc en haussant les épaules. Elle avait été choisie.

— Parce qu'il n'y avait plus une seule autre jeune fille à cent lieues à la ronde ! cria Wes.

— Calmez-vous. » Doc arborait un air amusé. « Tous les deux ans survient la saison du renouveau. Maintenant c'est Meg qui a été choisie. Pour vivre éternellement ou... »

La chambre se mit à tournoyer, et Wes rattrapa Meg qui s'effondrait.

« Il vous est si facile de vous joindre à nous. » Doc souriait. « Je me demande même pourquoi vous hésitez. Personne ne pourra jamais aimer la monstruosité que vous êtez devenue...

— Non ! » cria Meg, et elle éclata en sanglots. Elle sentit les bras de Wes qui la soutenaient, lui donnant encore la force de refuser. « Je ne me joindrai jamais à vous ! Je ne vivrai jamais comme vous ! Vous n'êtes pas vivants ! Je préfère mourir !

— Alors, qu'il en soit ainsi ! » siffla rageusement Doc. Il inclina la tête vers l'escalier. « Nous y allons ? La fin ne sera pas longue, mademoiselle Daton. Une simple formalité, et puis, je vous l'assure, la mort sera la plus douce des libérations...

— Non ! »

Elle voulut se blottir dans les bras de Wes, mais celui-ci se jetait déjà sur le docteur. La détonation lui déchira les tympans, et elle vit Wes s'écrouler.

« Wes ! Oh, mon Dieu ! » Avant qu'elle ait pu se précipiter vers lui, Doc lui agrippa le bras d'une poigne de fer et l'entraîna dans l'escalier. Elle tenta en vain de lui résister, mais ni ses coups ni ses cris ne troublèrent le moins du monde le diabolique personnage.

Meg sentit sur son visage de grosses gouttes de pluie, alors qu'ils traversaient le jardin. Elle vit le ciel sombre s'ouvrir en deux sous un éclair aveuglant. Doc l'attirait irrésistiblement vers la forêt morte, suivant le sentier sans l'aide d'une lumière pour le guider. Derrière froufroutait une robe de femme, tandis que tout autour d'elle s'éveillaient les créatures de la nuit, les sentinelles de la mort. Comme ils s'enfonçaient toujours dans les profondeurs du sous-bois, elle sentit sur son visage et son cou la caresse humide d'une épaisse brume.

Meg souhaita mourir.

La mort était préférable à l'horreur qui l'attendait.

« Et le garçon ? » demanda tante Belle derrière eux. Elle n'était même pas essoufflée.

« Je m'en occuperai plus tard. Le bayou prendra soin de lui », répondit Doc d'une voix froide.

La gorge de Meg se serra. Elle ne pouvait plus respirer. C'était à cause d'elle que Wes était intervenu, et qu'il était mort...

Elle allait mourir à son tour.

Soudain elle sut qu'ils étaient arrivés à destination. Elle ne les voyait pas, mais elle savait qu'ils grouillaient là, à deux ou trois pas sur le sentier... le sentier de la mort. La sienne.

« Ne vous inquiétez pas pour votre mère, dit tante Belle. Nous lui dirons que vous et le garçon avez chaviré avec votre canot et que vous vous êtes noyés. Cela arrive fréquemment par ici. »

A la pensée de sa mère, Meg fondit de nouveau en larmes.

« Je vous en supplie, tante Belle ! sanglota- t-elle. Je vous en supplie, laissez-moi partir !

— Oh, Meg... »

A sa grande surprise, Belle la libéra de l'étreinte de Doc et l'attira contre elle. Bizarrement, il y avait des larmes dans ses beaux yeux tranquilles. Elle passa une main douce et froide sur la joue amaigrie de Meg. « Nous aurions pu devenir de si bonnes amies, Meg. Mais Doc et moi ne pouvons faire autrement. Il le faut, et j'en suis désolée. »

Doc ramena brutalement Meg à son côté et la poussa devant lui. Elle hurla en voyant, ou plutôt en sentant, l'agitation qui s'emparait du nid de serpents.

« Je ne les énerverais pas à votre place, ma chère enfant. Ils s'irritent facilement. » Doc gloussa doucement. Il glissa le pistolet sous la ceinture de son pantalon et brisa le bout d'une grosse branche qui pendait au-dessus de lui. Il sortit un briquet de sa poche et en approcha la flamme du bois incrusté de mousses sèches. Comme la torche prenait feu, Meg put apercevoir la petite clairière quelques pas plus loin, la tombe, la gueule béante du caveau... et là, à leurs pieds, la masse grouillante des serpents.

« Ah, mes beautés, murmura Doc avec un hochement satisfait. Ne vous inquiétez pas, Meg. Ils ne vous feront aucun mal sans ma permission. » Il caressa une fois de plus sa pierre blanche. « Ils sont endormis pour l'instant, aussi las que vous l'avez été, et il ne leur viendrait certes pas l'idée de faire du mal à quiconque. Toutefois, ajouta-t-il en ricanant, si je les réveillais, ils seraient très, très en colère. »

Devant Meg, figée dans une stupeur horrifiée, il s'avança parmi les serpents en lui adressant un sourire triomphal. « Vous voyez, ils savent que je ne leur veux aucun mal. Ils savent ce que l'on attend d'eux. Ils savent qu'ils ont bien gardé notre secret, et qu'ils vont être maintenant récompensés.

— C'était vous que Wes a vu hier dans cette forêt ! lança Meg d'une voix tremblante. Vous avez excité les serpents pour qu'ils attaquent Beau...

— Non, je les ai seulement tirés de leur somnolence, corrigea Doc d'un ton sarcastique. Je ne pouvais tout de même pas laisser cet animal dévoiler notre plan avant qu'il ne soit entièrement réalisé. Vous comprenez ?

— Vous... vous les avez hypnotisés ! » Meg regarda les corps emmêlés les uns les autres et secoua la tête, dépitée et amère. « Je comprends maintenant pourquoi tante Belle m'avait déconseillé de trop m'éloigner de la maison, à cause... des serpents ! Vous aviez peur que je ne découvre ce sentier. »

Meg pensa à cet instant qu'elle n'avait jamais éprouvé autant de haine et de mépris à l'égard de quelqu'un. C'était même la première fois qu'elle ressentait, face à Doc et Belle, toute la violence et la force de ces deux sentiments.

« Il suffit de vous regarder pour savoir ce que vous pensez », ironisa Doc, en croisant son regard. Il marcha parmi les serpents sans qu'aucun d'eux manifeste le moindre signe d'agressivité. Il se retourna vers Meg. « Voyez, mademoiselle Daton, les symboles de la vie, de la force et de l'énergie ! Les gardiens de l'immortalité ! Les témoins silencieux des grands mystères ! » Doc lui adressa un large sourire plein de satisfaction, alors qu'un éclair zébrait sa noire silhouette. « Ne sentez-vous pas leur pouvoir ? Regardez-vous et estimez-vous honorée d'être sacrifiée à un aussi noble but et par les soins d'une aussi digne engeance ! »

Le cœur de Meg bondit dans sa poitrine.

« Oui, mademoiselle Daton, poursuivit-il d'un ton léger en dirigeant la torche enflammée vers la tombe. Voici le rituel final. Le don ultime. Votre vie contre celle de Belle. » Il se tut, la considérant d'un air amusé. « Ne faites pas cette tête-là, mademoiselle Daton. Vous aurez l'impression de vous endormir... en compagnie d'un ou deux amis venimeux ! »

Son rire se répercuta dans la clairière, se mêlant au grondement du tonnerre et au gémissement du vent à travers les arbres.

« Devrai-je vous aider à entrer dans le tombeau ? » Le regard de Doc était devenu glacial, sa voix implacable. « Ou bien avez-vous l'intention de me compliquer la vie ?

— Non ! » Meg recula et tomba dans les bras de Belle, qui l'immobilisa avec une force surprenante. Meg essaya en vain de se dégager. « Alors voilà ce qui est arrivé à Anna ! cria-t-elle. Voilà pourquoi on l'a trouvée dans cet horrible état !

— Le même que le vôtre quand on vous découvrira ! » Doc se dressait maintenant devant elle, brandissant la torche d'une main, l'autre sur la pierre qui luisait d'un éclat blanc à son cou. « Mademoiselle Daton, dois-je les réveiller avant que vous soyez sagement couchée dans la tombe ?

— Ce sera vite fini, Meg, murmura Belle à son oreille. Vous ne sentirez qu'une morsure ou deux...

— Au secours ! » hurla Meg en se débattant frénétiquement. La panique avait réveillé ses dernières forces et elle sentit sous sa main la chaîne, au cou de Doc. Elle tira dessus et la pierre blanche tomba à terre tandis que Doc se précipitait en jurant pour la ramasser.

« Meg, soyez raisonnable ! Ne... » cria tante Belle.

Elle ne finit jamais sa phrase.

Un hurlement avait éclaté derrière eux avec une telle soudaineté que Doc n'eut que le temps de lever la tête et de lâcher sa torche alors qu'une ombre bondissait sur lui et le projetait au sol.

Sur le sentier...

Le nid de serpents s'était brusquement agité au moment où la pierre était tombée par terre.

Et, comme un éclair illuminait la clairière d'un vif éclat, Meg entendit les cris de terreur et de douleur de Doc, submergé par une masse de corps épais et furieux.

L'horreur du spectacle arracha un long cri à Meg, et elle continua de crier en voyant Doc se relever, dans un ultime sursaut, des reptiles accrochés à lui par paquets, pour courir se jeter dans le bayou.

L'eau boueuse étouffa un dernier cri dément, puis le silence se fit.

Tremblant de tout son corps, Meg rencontra le regard affolé de tante Belle. Au même moment, dans un bruit sourd accompagné d'un craquement écœurant, une ombre armée d'un lourd bâton fracassa le crâne de Belle qui s'écroula comme un pantin désarticulé.

« Wes ! » Meg s'élança vers la silhouette du jeune homme. Il la serra contre lui, et elle sentit sur son bras un liquide chaud et poisseux. « Wes, tu saignes. »

C'était une vilaine blessure, et sa chemise était trempée de sang. Il s'écarta d'elle en grimaçant de douleur et lâcha son bâton. « Ça ira, mais tu dois m'aider. Vite !

— Ils allaient me mettre dans la tombe ! sanglota Meg en essayant d'arrêter l'hémorragie de sa main.

— Je sais. J'ai tout entendu.

— Qu'allons-nous faire ?...

— Aide-moi ! » dit-il, et il y avait une telle urgence dans sa voix que Meg hocha la tête comme une marionnette. « Aide-moi à la porter ! Il faut faire vite !

— Wes, je...

— Tais-toi donc ! Elle n'est peut-être qu'à moitié vivante, mais elle *existe* ! Et c'est toi, son unique moyen, son unique espoir de revivre ! Mais il faut qu'elle soit près de toi pour te prendre ton énergie...

— Voilà pourquoi ils voulaient toujours que je m'assoie près d'elle pour lui tenir compagnie...

— Allez, Meg, aide-moi à la tirer !

— Oh, Wes, je fais de mon mieux ! »

Paralysée de peur, Meg tirait en effet de toutes ses forces le corps sans vie de Belle, aidée par Wes qui avait ramassé la torche encore enflammée. S'écartant le plus possible du sentier, il se dirigea vers la tombe.

« Non ! » Meg se figea, lâchant le bras de Belle.

« Meg...

— Wes, non ! Les serpents ! Je ne peux pas... »

Wes balaya de la torche l'espace devant lui. « Reste derrière moi. Pousse-la, et moi je la tirerai.

Ils n'attaqueront pas, tant que nous aurons cette flamme.

— Mais elle va bientôt s'éteindre ! » cria Meg.

Je vous en supplie, mon Dieu, faites qu'elle dure encore un peu ! pria-t-elle silencieusement.

Meg vit des dizaines d'yeux vitreux briller dans l'obscurité tandis qu'ils approchaient le corps de la tombe.

« Peux-tu la soulever ? » Le visage de Wes exprimait une détermination farouche. Il brandit la torche en décrivant un vaste cercle et en jetant un regard à Meg par-dessus son épaule.

« Je vais essayer », répondit-elle.

Meg s'efforça de soulever le corps de Belle dont la tête pendait. Son beau visage et ses cheveux blancs étaient maculés de sang. Meg fit un pas en avant en gémissant sous l'effort mais elle ne put aller plus loin et finit par lâcher le corps. « Je n'ai plus de force, haleta-t-elle. Je ne peux pas...

— Tiens-moi ça... »

Avant que Meg eût le temps de protester, Wes lui mit la torche dans la main.

« Agite-la autour de nous, ordonna-t-il en se penchant pour soulever tante Belle. Plus large, le cercle. Plus large ! »

Elle distinguait parfaitement les serpents maintenant. Ils se lovaient en sifflant, longs corps sombres prêts à frapper, guettant la moindre erreur...

« Là ! cria Wes. Là, Meg ! »

Elle approcha la torche de la tombe et vit les reptiles s'écarter de la pierre, tandis que d'autres reculaient dans le caveau en sifflant rageusement.

La tête de Belle heurta le bord de la tombe avec un bruit sourd. Dans un dernier effort, Wes poussa le corps de la vieille femme dans l'ouverture béante. Il y eut un froissement de tissu, le raclement de la peau contre la pierre, et un autre bruit plus horrible : celui, persistant et léger des crochets venimeux se plantant dans la chair.

Meg hurla en voyant les serpents se jeter férocement sur le beau visage.

Wes était pâle, sa respiration saccadée. Au grand effroi de Meg, il tituba et manqua tomber.

« Wes ! »

Son cri parut ranimer le garçon. Comme elle agitait désespérément la torche autour d'eux, la flamme faillit s'éteindre.

« Viens... vite ! » Wes lui prit le bras et ils se mirent à courir à travers le bois, droit devant eux, écartant frénétiquement les mousses et les branches mortes. Alors qu'ils débouchaient de la forêt morte, Wes se retourna et lança la torche dans les arbres.

Pendant un moment le temps parut suspendu.

Et puis ils virent s'élever lentement une mince fumée.

« Il faut gagner la route ! cria Wes.

— Pourras-tu y arriver ? » Meg le regarda dans les yeux. Un craquement derrière elle la fit sursauter. La forêt morte commençait de s'embraser.

« Bien sûr, répondit Wes en souriant faiblement. Et toi ? »

Meg sentait monter en elle une surprenante énergie. Elle avait l'impression de s'irriguer de vitalité comme une terre ayant longtemps souffert de sécheresse et accueillant la pluie comme une résurrection. Wes prit ses mains dans les siennes et les leva devant elle. A la lueur des flammes, elle vit qu'elles avaient repris leur couleur.

« Elles sont chaudes », dit doucement Wes.

Avec une hésitation craintive, Meg porta les mains à son visage.

Wes hocha la tête.

« Oui, tu as retrouvé ta beauté, dit-il avec émotion. Viens, il est temps de rentrer maintenant. »

CHAPITRE 15

« Je n'arrive pas à le croire, dit Mme Daton, visiblement bouleversée.

— Sans cette pluie torrentielle, qui sait jusqu'où le feu se serait répandu », dit Esther en secouant la tête. Elle appuya son épaule contre la portière de la voiture.

« Pauvre tante Belle. » Mme Daton s'essuya les yeux avec un mouchoir et regarda sa fille avec un indicible soulagement. « Quand je pense à ce qui aurait pu se passer... » Elle eut un sanglot et Meg la prit dans ses bras.

« Mais je suis toujours là, maman.

— Et c'est le plus important, pas vrai ? » dit Esther en tapotant affectueusement l'épaule de Meg. Elle regarda le ciel resplendissant. « Je n'aurais jamais cru que la foudre tomberait un jour sur ces bois et que cette vieille maison serait détruite. »

Meg pinça les lèvres et tourna la tête vers les ruines de la maison de tante Belle. La moitié de la bâtisse avait brûlé avant l'arrivée de la pluie. Tout l'étage et la cuisine n'étaient qu'un tas de poutres noircies et de cendres. Les gardénias avaient disparu en fumée, de même que les photographies qui ornaient le mur dans l'escalier. Une âcre odeur de fumée et de souffre flottait dans l'air, et une brume grisâtre dérivait sur le bayou.

« Si le docteur LaVane n'avait pas insisté pour que tu prennes ta soirée... dit Mme Daton dont les craintes restèrent suspendues dans l'air.

— Oui, c'est le destin, dit Esther en hochant vigoureusement la tête. Si Doc n'était pas venu rendre visite à Belle et s'il n'avait pas conseillé à Meg d'aller se promener un peu sur le bayou avec Wes...

— Quel choc cela a dû être pour toi, ma pauvre petite, dit Mme Daton en couvrant sa fille d'un regard maternel.

— Ça, vous pouvez le dire, approuva Esther. Elle était en train de dîner au magasin avec Wes et ils étaient bien loin de soupçonner ce qui se passait au même moment à quelques kilomètres de là. C'est tout de même malheureux pour Doc. Il a dû tenter de sauver Belle du brasier et il n'a pas pu en sortir à temps... »

Meg se détourna. « N'en parlons plus, voulez-vous ? » dit-elle aux deux femmes.

« Excuse-nous, ma chérie ! » Mme Daton s'efforça de sourire. « Nous n'en parlerons plus. Je ne veux même pas que tu y penses. Jamais plus. »

Meg hocha la tête et regarda Wes pour la première fois depuis le début de cette conversation. Il avait le visage fatigué, mais il échangea avec elle un long regard complice.

« Prenez bien soin de votre épaule, Wes, dit Mme Daton en ouvrant la portière de la voiture. Evitez les accidents de chasse à l'avenir.

— Peuh ! plus personne n'est à l'abri avec ces diables de chasseurs ! s'écria Esther. On ne peut plus se promener dans les bois sans risquer de prendre du plomb ! »

Wes eut un grand sourire amusé. « Je ferai attention, madame Daton », répondit-il.

Mme Daton monta dans sa voiture, et Esther se pencha à la portière.

« Merci pour tout, Esther, dit Mme Daton en lui serrant la main. Et n'oubliez pas que nous attendons votre visite à tous deux le mois prochain. Nous habitons à quelques minutes de la gare des cars. »

Wes leva un sourcil interrogateur en regardant Meg. « Je croyais que tu n'avais pas de place pour recevoir des amis.

— Oh, dit Meg avec un sourire malicieux, nous aurons peut-être changé d'appartement entre-temps. Mais ne t'inquiète pas, je te donnerai notre nouvelle adresse.

— Et Blake, comment prendra-t-il la présence d'un homme des bayous chez toi ? »

Meg eut une moue étonnée. Cela faisait longtemps qu'elle n'avait pas pensé à Blake. « Je ne crois pas qu'il ait son mot à dire », répondit-elle en riant. Puis, comme Wes lui effleurait la joue de sa main, elle lui sourit tendrement. « Tu m'écriras ?

— Je te le promets. » Son regard chercha le sien, et Meg se sentit subitement sans force. Lentement, doucement, il se pencha et l'embrassa. « Tu me manqueras, Meg. »

Elle le regarda pendant un long moment, puis détourna les yeux à contrecœur, en entendant vrombir le moteur de la voiture.

« Au revoir, Esther. » Elle fit un signe de la main et se glissa sur le siège avant.

« Au revoir, Meg ! lui répondit joyeusement Esther. Un mois, c'est vite passé. A bientôt ! »

Comme la voiture décrivait un cercle pour reprendre le chemin, Meg regarda une dernière fois Wes en s'efforçant de retenir ses larmes.

Elle regarda aussi Esther et les restes noircis de la forêt morte, le grand chêne qui se dressait encore contre la carcasse de la maison...

Et soudain elle se figea.

Il y avait quelque chose à la fenêtre.

Derrière les lambeaux de rideaux noircis, une silhouette imprécise, observait et attendait.

En riant... doucement... d'un rire de jeune fille insouciante...

SPECTRES

Enfin des livres où les pages claquent des dents.

La série SPECTRES : une série pour les amateurs de sueurs froides et d'émotions violentes, une série qui fait découvrir les phénomènes du surnaturel : prémonitions, télépathie, hypnose, magnétisme.

LE CAVEAU DES MALÉFICES — Joseph TRAINOR

« Qu'on la pende ! C'est une sorcière ! À mort ! »
hurlait la foule surexcitée.
Terrorisée par ce flot de rage hystérique,
Janet se recroquevilla dans le coin le plus obscur
de sa cellule.
Puis tout à coup elle se réveilla !
Depuis quelque temps déjà, d'étranges rêves
la plongeaient dans un passé lointain et terrifiant.
Mais l'infortunée Janet ne pouvait pas se douter
qu'une créature maléfique enterrée depuis
deux siècles cherchait à s'emparer de son esprit
pour revenir parmi les vivants…

CERCLE INFERNAL — Imogen HOWE

En apercevant la misérable cabane au milieu des bois, Jenny sentit ses jambes se dérober. Simon la tira fermement par le bras.
« Quel endroit sinistre ! dit-elle en frissonnant. Je t'en supplie, allons-nous-en !
– Trop tard pour reculer. Il faut à tout prix élucider ces mystérieuses disparitions d'enfants. »
Pour cela, Jenny et Simon allaient devoir affronter de redoutables forces obscures, et le prix à payer risquait d'être fort élevé…

LA CHAMBRE AUX MALÉFICES Janet PATTON SMITH

En gravissant lentement les marches du perron, Lisa songea soudain aux paroles angoissées de sa tante : « La maison d'en face est habitée par un vieux fou solitaire et dangereux. Surtout, ne t'en approche jamais. JAMAIS ! »
Poussée par une force obscure, Lisa franchit néanmoins le seuil de la sinistre demeure.
Elle s'apprêtait à faire un inquiétant voyage dans le passé, au risque de ne jamais en revenir...

EAUX DORMANTES Carl LAYMON

Le vieil homme pointa un doigt accusateur sur Burt et Sammy. La terreur se lisait sur son visage.
« Malheureux ! Ce squelette avait un pieu planté dans le cœur et vous l'avez enlevé ! En agissant ainsi, vous avez libéré l'infâme créature. »
Les deux jeunes gens se regardèrent, interloqués.
« Mais de quoi parlez-vous ? demanda Burt.
– Du vampire, pardi ! Désormais, il est de retour parmi nous et rien ne pourra étancher sa soif de sang... »

SORTILÈGES VAUDOU Jay CALLAHAN

Soudain, le couvercle du caveau bascula en grinçant. Danielle aperçut confusément une masse de longs cheveux gris et un visage à moitié décomposé. L'horrible créature se redressa tout à coup.
La jeune fille poussa un hurlement et courut vers la sortie du mausolée. Elle trébucha sur le seuil et s'effondra dans l'herbe humide. Elle devina dans son dos le zombi qui approchait.

LE REPAIRE DES MONSTRES Bruce COVILLE

Derek tenta de se relever, mais un tentacule gluant s'enroula autour de ses chevilles.
« Jenny ! hurla-t-il. Aide-moi ! »
Déjà le monstre attirait le garçon vers sa gueule en émettant un horrible bruit de succion...

Les six amis avaient décidé d'organiser dans cette vieille demeure abandonnée, un sinistre jeu de rôles grandeur nature.
Mais malheur aux perdants, car la règle était formelle : «Si vous échouez, vous périrez!»

LES FANTÔMES DU MARAIS — Richie TANKERSLEY CUSICK

« Mais… c'est impossible! » s'écria Meg en se réveillant.
Elle jeta un regard désespéré vers la fenêtre qui laissait passer les derniers rayons du soleil.
« Quand je suis entrée dans cette chambre, le jour venait à peine de se lever. »
Meg est venue tenir compagnie à sa grand-tante malade. Mais depuis son arrivée dans cette demeure délabrée au milieu des marais, elle sent ses forces décliner peu à peu.
Comme si une sorte de vampire se nourrissait de son énergie…

DANSE MACABRE — Lou KASSEM

Joan ouvrit le vieux livre poussiéreux. Quelques lignes étaient soulignées d'un trait d'encre palie par le temps.
« Des sournoises attaques du fantôme ennemi
Garde ton sommeil.
Des mauvais rêves et des terreurs de la nuit
Libère ton réveil. »
Ainsi quelqu'un d'autre dans cette maison avait été la proie de rêves inquiétants.
Joan avait décidé de percer le mystère de cette ancienne demeure. Elle n'aurait pas dû oublier que « la curiosité est un vilain défaut »…

SPECTRES

Doug Headline présente : MAÎTRE du JEU

Chaque livre de la collection Maître du Jeu est une aventure indépendante qui peut être lue séparément. Un crayon, une gomme, et vous voilà armés pour vous plonger au cœur de l'action...

La Saga du Prêtre Jean

Une épopée chevaleresque où vous devrez partir à l'aventure et voyager à travers l'espace et le temps. Il vous faudra affronter des menaces fantastiques avant d'atteindre votre but : la fabuleuse cité perdue de Shangri-La !

Volume 1 : LA FORTERESSE D'ALAMUTH
Laissant les Croisés rentrer en Angleterre, vous vous lancez dans votre quête. Votre seul point de départ : le Vieux de la Montagne, chef de la terrifiante secte des Assassins, détiendrait le secret de Shangri-La. Encore vous faut-il arriver jusqu'à lui, car son sanctuaire recèle des périls monstrueux qui vous coûteront peut-être la vie...

Volume 2 : L'ŒIL DU SPHINX
Transporté au cœur de l'Egypte ancienne, vous devez retrouver le grand prêtre d'Osiris qui connaît le chemin de Shangri-La. Mais des forces maléfiques tentent de vous barrer la route, lançant sur vous des créatures de cauchemar. De tombeaux maudits en pyramides mystérieuses, réussirez-vous à accomplir votre mission sans succomber à leurs assauts ?...

Volume 3 : LES MINES DU ROI SALOMON

Transporté par magie sur plusieurs centaines d'années, le Prêtre Jean s'éveille à Babylone, cité des merveilles du monde antique, repaire des sorciers et des démons. Son seul atout : le nom d'un sage qui aurait visité Shangri-La. À travers le dédale infernal des quartiers dangereux de Babylone, notre héros devra se garder de toutes les embûches, défier coupe-jarrets et maléfices, faire preuve d'astuce et de bravoure. Peut-être alors accédera-t-il au secret de la bibliothèque cachée au sommet de la Tour de Babel…

Volume 4 : LES MYSTÈRES DE BABYLONE

Après avoir échappé aux périls de l'Égypte et traversé les siècles, il va falloir à notre héros un courage exceptionnel. L'homme qui détient la piste de Shangri-La a été emprisonné au fond des mines gigantesques du grand Salomon ! Pour le retrouver, le Prêtre Jean devra affronter les périls de la jungle africaine ; puis, en mission pour le monarque, il aura à combattre une mystérieuse créature qui sème la terreur dans les mines : la Mort Blanche ! À ce prix seul il pourra continuer sa quête…

La Saga du Prêtre Jean *Volume 5* : Les adorateurs du Mal

La Saga du Prêtre Jean *Volume 6* : Au pays des Dragons

La Saga du Prêtre Jean *Volume 7* : Le désert de la Mort

La Saga du Prêtre Jean *Volume 8* : Shangri-La !

IMPRIMÉ EN FRANCE PAR BRODARD ET TAUPIN
58, rue Jean Bleuzen - Vanves - Usine de La Flèche, 72200
Loi n° 49-956 du 16 juillet 1949 sur les publications destinées à la jeunesse.
Dépôt : mai 1986.